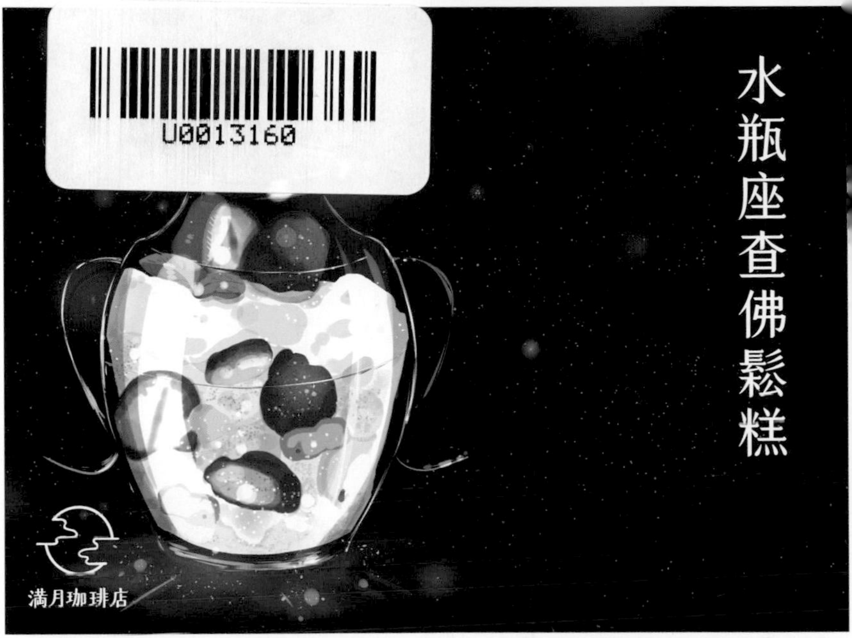
水瓶座查佛鬆糕
滿月珈琲店

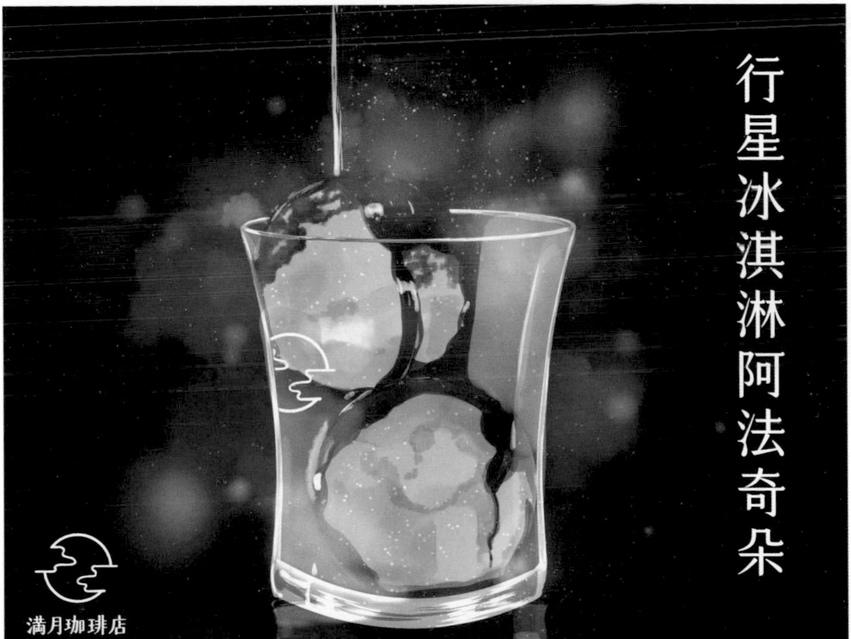
行星冰淇淋阿法奇朵
滿月珈琲店

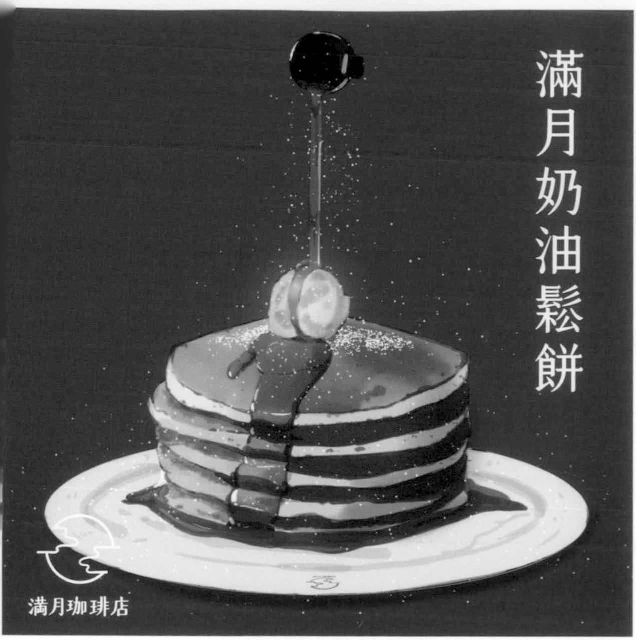
滿月奶油鬆餅
満月珈琲店

滿月珈琲店
WELCOME

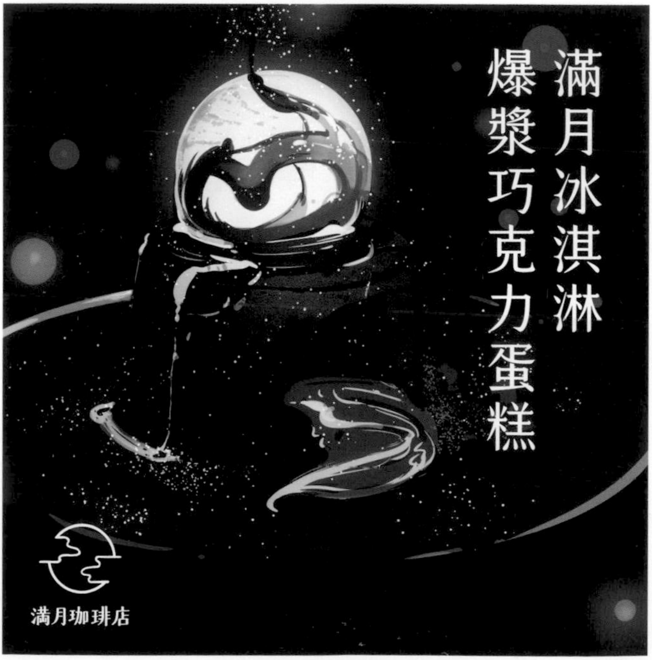
滿月冰淇淋
爆漿巧克力蛋糕
満月珈琲店

水星冰淇淋汽水
滿月珈琲店

星星碎片冰咖啡
（加入朝陽糖漿）
滿月珈琲店

月光與金星的
漂浮香檳
滿月珈琲店

天空色啤酒「星空」
滿月珈琲店

滿月貓咪咖啡店

満月珈琲店の星詠み

望月麻衣

插畫・櫻田千尋

邱香凝 譯

目次

滿月貓咪咖啡館

——「滿月咖啡店」沒有固定的店面。

有時在你熟悉的商店街，有時在電車的終點站，有時在安靜的河邊空地，地點不一定，心血來潮出現。

同時，本店不會問客人要點什麼。

我們將為您準備最棒的甜點、食物及飲料。

或許是在作夢也說不定喔。

眼前那隻大大的三花貓這麼說著，笑瞇了眼睛。

序章

四月初。

伴隨帶有春天芬芳氣息的清爽春風，一陣美妙的鋼琴聲從全開的窗戶流洩入內。

是艾爾加的《愛的禮讚》。

彷彿受到那琴音的誘惑，一隻貓出現在陽台欄杆上。

我住的這棟公寓，沒有不能養貓的規定。

大概是哪一戶人家飼養的貓吧。

常見的三花貓，白、咖啡、黑三種顏色在身上分布得很漂亮。

站在廚房裡的我，停下切蔥花的手，不經意地注視那隻貓。

貓站在陽台欄杆上輕盈漫步。

走在如此危險的地方，卻沒有一絲不安定感，那姿態非常優雅，令我情不自禁看得入迷。

襯著背後萬里無雲的晴空與櫻花樹，這一幕看起來簡直就像一幅畫。

相較之下，乍看正在做菜的我，其實只是切著要放進泡麵的蔥花。

除了蔥花，我還打算用麻油炒蒜頭、豆芽菜和菠菜。我的午餐一點也不時尚，更別說像一幅畫。

貓似乎陶醉在鋼琴的音色中，走到一半戛然而止，在欄杆上停下腳步，舒服地瞇起眼睛。長尾巴宛如鐘擺，左右搖晃。

我家是只有一個房間的小套房。

從廚房到陽台的距離很近。

貓似乎察覺我的視線，轉過頭來，喵了一聲。

不是愛的禮讚——是貓的禮讚。

我感覺得出自己笑了起來，洗洗手，朝陽台走去。

喀啦喀啦拉開紗門，已經不見貓的蹤影。

左顧右盼，到處都沒看見。

這裡是三樓，該不會失足掉下去了吧？我擔心地想，但又沒看見這情形發生。

一方面鬆了一口氣，一方面輕聲笑自己「貓哪會失足」，也把手擱在欄杆上。

《愛的禮讚》演奏完了。

現在彈的是蕭邦《練習曲作品10第3號》——俗稱《離別曲》。

離別啊。我深深嘆了一口氣，低下頭。

與戀人的離別，對誰來說都是很難受的事吧。

更何況是個四十歲，有強烈結婚欲望的女人。

和他交往多年，在一起變得太過理所當然。

然而，沒有什麼「理所當然」的事。

就連貓都有可能真的失足跌落。

一想到這個，視線再次擔心地往下看。不過，到處都沒看到貓的蹤影。貓應該還是沒問題的吧。

失足的只有我。

「到底是在哪裡搞錯了呢……」

底下傳來小孩子嬉鬧的聲音，我往樓下探頭。大概是放春假的關係，幾個看似小學低年級的孩子走在那裡。

一陣懷念，我微笑起來。

那時帶過的學生們，現在不知道過得好嗎？

我是否不該辭掉教師的工作？

不、現在這個狀態繼續當老師，難保沒有孩子會問：「老師，妳不結婚嗎？」肯定一天到晚都得面對這毫不客氣的問題。

在現在的狀態下被這麼一問，我或許會站在講台上哭出來。

這樣就好。

我如此說服自己。嗯嗯點頭。

關緊紗門，回到屋內。

鋼琴聲不知何時已停歇。

第一章　水瓶座查佛鬆糕

1

「我吃飽了。」

對著拉麵空碗，我——芹川瑞希雙手合十。

速食麵裡放了大量蔬菜與蔥花。這絕對稱不上豪華的午餐，吃完之後還挺有飽足感。

「好嘍，得開始工作了。」

把碗公端到廚房，快速沖洗後，放進瀝水籃。

直接拿起抹布，仔細擦拭餐桌。

這張餐桌小得連一個大人吃飯都很勉強。因為住的是狹窄的小套房，我吃飯、工作都在這張桌上。

擦乾淨後，將一人份的濾掛式咖啡沖進馬克杯，和筆記型電腦、參考資料一起放在桌上，自己也在椅子上坐下來。

喝一口咖啡，翻開資料。

「我看看，這個角色的設定是……」

眼前這份資料裡，畫著許多長相俊美的男孩插畫。

這是一份「角色設定書」。

根據設定，俊美的男孩們都是「上流階級校園裡的富家公子」。男孩們的髮色有紅有藍有黃，富家公子根本不會染這種顏色。不過，在遊戲裡就另當別論了，誰也不會介意這種小事。

沒錯，我的職業就是編劇。

現在正在寫的，是社群網路遊戲的劇本。話雖如此，我負責的部分並非主要劇情線。

由玩家扮演的女主角，未必每次都能與難度較高的男主角修成正果，當她選擇與「配角」結合時延伸的劇情內容，就是我正在創作的劇本。說得直接一點，我負責的是「配角結局」，因此故事情節也要刻意寫得不怎麼樣才行，可不能寫出讓玩家就此滿足的有趣情節。

分量也不多，只要寫出30KB左右的情節就足夠。執筆的工作不用頁數或字數計算，發稿時用「KB」計算，這大概是遊戲劇本的特徵吧。

『請在最後安排親吻臉頰或額頭的吻戲，場所希望是靠水的地方。』

「吻戲不能是嘴對嘴，只能親臉頰或額頭，地點要是靠水的地方……這個角色設定為不愛戶外活動的男生，比起海邊或河邊，飯店泳池似乎比較合理……」

我一邊確認資料，一邊喃喃自語，接著打開筆記本。

裡面以潦草的字跡寫著別人大概看不懂的字。

這是我寫的大綱。也就是故事的走向。

必須寫出搔不到玩家真正癢處的配角故事，使其產生「不喜歡這個劇情，還是想挑戰難度更高的男主角，看看修成正果的幸福結局！」的想法才行。

因此，配角劇情不能成功約會，激情場面也要點到為止。

這說起來可不是一件容易的事。

確認完資料，我開始創作。

配合電腦播放的音樂，喀答喀答敲打鍵盤的聲音，在安靜的屋內迴響。
我接案的社群網路遊戲劇本，情節多半走經典老套路線，我正好擅長寫這樣的東西，所以工作起來還滿愉快。只不過，要是可以的話，真希望寫的不是配角劇情，而是與難度更高的男主角之間戀愛的情節。
然而，現在的我沒資格挑工作。
想到這點，嘴角浮現自嘲的笑。
過去明明做過更大的工作……
甩甩頭，繼續創作。
30KB的內容，頁數會依字數改變，但差不多就是一篇短篇小說的長度。
寫了三分之一左右，伸展一下背脊。
時針指著下午三點。
「從開始寫到現在，只過了兩小時啊……」
發現自己的專注力只能持續兩小時，我不禁苦笑。
十年前能持續更久的……

這時，桌上的智慧型手機震動，顯示有人傳訊息給我。

我輕輕伸手拿起手機。

『芹川老師，好久不見。我是中山明里。不好意思忽然聯絡您，我臨時到關西出差，現在人在京都。如果您時間上方便的話，不知能否見個面？』

看到這名字，我心跳加速。

她是以前在電視製作公司共事過的人，現在已經當上導播了。

上個月，我鼓起勇氣將自己寫的企劃書寄給她。

或許真的只是碰巧來京都，但特地傳訊聯絡，肯定是要談那件事。

『好的，一定。我也想跟您見面。』

這麼回覆後，對方又傳來『非常感謝。那麼，跟您約在以前開會時常約的飯店大廳。一小時後可以嗎？』

『沒問題。』

我回了信，立刻闔上電腦，打開用來當衣櫃的壁櫥。

猶豫該穿什麼好，結果還是選了安全牌的套裝。

換好衣服，直接往洗臉台前站。

狹窄的小套房裡沒地方放化妝台，我都把化妝品放在洗臉台上。

打開粉底盒，拿起粉撲，開始在臉上塗抹。

「唔唔、皮膚好不吃妝。」

除了去附近超市，最近幾乎不外出，只為了去超市化妝又很麻煩，後來乾脆都戴口罩。

或許久違的化妝嚇到皮膚了，彷彿表示拒絕一般，粉都浮在臉上吃不進去。

過去那個致力於美容的自己現在變成這副德性，她看了一定會苦笑吧。

不過，這也是沒辦法的事。我繼續化妝，畫眉毛、搽口紅，披上薄針織衫，抓起包包走出家門。

出了公寓，朝車站前進。

我住的地方勉強算在京都市內。

可是，這一帶和世人對「古都」的印象差很多，只是非常普通的住宅區。

搭上電車，稍微喘口氣。

這時，她再度傳來訊息。

『大廳人很多，我移動到一樓咖啡廳工作，您不用介意，慢慢來沒關係。』

我想像她在飯店咖啡廳打開電腦的樣子。

電視業界的人，到哪裡都能工作。

說起來，其實我也一樣。

以前我也常去咖啡店工作。

只是最近，連那一杯咖啡錢都嫌浪費，只要沒有別的事，我都把自己關在家裡。

吃的多半是速食。自己另外加入蔬菜，至少還是有為健康著想。

說不定皮膚狀況不好，和飲食也有關係……

我露出自嘲的笑，視線落在手機上。

查了一下目前播放中的電視劇收視率和評價，胸口一陣難受，目光立刻從手機上轉移。

電車裡，有個看似剛放學的小學生。

看上去像二、三年級生。

揹的不是書包，而是品味成熟的咖啡色真皮後背包，感覺像是私立小學的學生。

自己一個人搭電車，平常都搭電車通學嗎？

我佩服地想，真懂事啊。

就在這時——

「請問……您是……芹川老師嗎？」

坐我旁邊的女性，輕聲這麼對我搭話。

我心噗通一跳，困惑地望向那位女性。

乍看之下，大概二十五歲左右。

看上去年輕，但又散發一股穩重氣質，或許實際年齡還要多加幾歲。

身上穿的衣服一看就很時尚。指甲留得不長，但做得很漂亮。偏淺的髮色，從外表看起來，應該從事美容相關行業。

說不定是過去負責過我的妝髮師？

「啊、不好意思這麼唐突，我小學時曾是老師您帶過的學生……」

喔喔。我倏地放鬆緊繃的肩膀。

原來是以前教過的學生啊。

「那時，我好喜歡老師您。」

被她這麼一說，我無力地聳聳肩。

當時的我，是個約聘教師。在級任導師休假時幫忙代課，和孩子們之間也只有這種程度的互動。

能被學生喜歡固然開心，我卻不記得自己曾和學生建立過值得他們仰慕的關係。

彷彿看穿我內心的想法，對方又加了一句：

「那時我隸屬的放學路隊，是老師您帶的。」

這才想起，我確實經常陪孩子們放學。

級任導師工作忙，這種工作自然落到約聘教師頭上。

不過，陪小學生放學可不是一件輕鬆的差事。

尤其是低年級的孩子，動不動就做出預料之外的事，眼睛片刻都不能從他們身上離開。要學生們排成一列走路更是不容易。

我想起自己那時總是絞盡腦汁，不是一邊走路一邊跟他們玩文字接龍，就是陪他們聊天，好讓他們不覺得無聊。一陣懷念，我嘴角上揚。

繼續聊下去，她果然跟我判斷的一樣，現在正在當妝髮師。

要下車的站好像到了，「突然打擾您真抱歉」對我點頭致意，她下了電車。

我也點頭回應，低喃著「早知道該問她叫什麼名字」，懷著溫暖的心情靠上椅背。

會去當「小學老師」，是因為我一直很嚮往這份工作。

儘管工作又多又累，遇到今天這種情形時，總打從心底認為有去當老師真的太好了。

為什麼後來會選擇當編劇呢？心情再次陰暗下來。

一開始，我是腳踏兩條船。

約聘教師被允許從事副業，所以也同時做寫劇本的工作。

到了差不多能當上正式教師時，我不得不在教師與編劇之間做出選擇。結果，我放棄教師工作，選擇走上編劇的路。

那之後過了多少年？當時的學生都長大出社會工作，我也邁入四十歲了。

現在，我活在看不到未來的恐懼中。

要是當時繼續當老師，工作再怎麼辛苦，至少一定比現在穩定有保障。

不會對未來感到如此不安，夜裡甚至發抖睡不著。

咬緊下唇，視線落在腿上。

2

走出車站，過了三條大橋，前往約定碰面的飯店。

連像這樣來京都市中心都已是睽違許久的事。

我聳聳肩想，明明稍早前還住在這附近。

直到兩年前，我都一個人住在可一覽無遺鴨川風景的公寓。

那個房子有客廳、有寢室，還有一個大陽台。

我有時早起去鴨川散步，也會坐在陽台喝紅茶。

那時，我常去一間位在木屋町通上的咖啡店。附近有一條叫高瀨川的小河流過，是我很中意的地方。

那間店，現在也還在那邊嗎？

我感慨地想著，從三條通北上，再沿御池通往西走。

市公所東邊就是她指定碰面的飯店。

以前，常在這裡和相關工作人員開會。

感受到加快的心跳，踏進飯店大廳，直接朝咖啡廳走去。

店內已坐了不少人。

看上去有很多外國人士。

中山明里坐在靠窗的位子。

製作公司的人多半打扮隨性，不過，她卻總是穿著正式套裝，將認真老實的個性表露無遺。今天穿的也是黑色的長褲套裝。

我原本想像她打開筆記型電腦工作的樣子，實際上，她拿的是平板電腦。

「中山小姐，讓妳久等了。」

說著，我走上前，她立刻抬起頭、站起來。

「喔喔，老師，不好意思突然打擾。勞煩您跑一趟了。」

「別這麼說，沒什麼麼勞煩的。」

「您住在這附近對吧？」

被她這麼一問，我只能回以含混的微笑，搖頭說：

「現在搬到別的地方了。」
「啊、這樣啊。真抱歉，還以為您住附近，才會約在這邊。」
沒關係、沒關係。這麼回應著，我們一起坐了下來。
我點的咖啡很快送上桌，彼此閒聊了一會兒。
「妳是今天剛到關西嗎？」
「對，晚上要和這邊電視台的人開會。」
「對了，那時的導播最近好嗎？」
「是啊，現在已經當上製作人了喔。」
「升官了呢。繼任的導播就是中山小姐……」
「看過菜鳥時代的我，芹川老師一定覺得不可思議吧？」
沒那回事。我搖頭否認。
她還是新人時，工作認真，對自己和周遭都很嚴格，絕不容許妥協。是這種類型的人。
那時我就想過，她絕對會出人頭地。

正因為她是這樣的人，我才會寄信給她。

其他人就沒辦法這麼做了。

我嚥下口水，跟她聊些無關緊要的事，最想問的話卻怎麼也說不出口。

上個月，我在寄給她的信裡附上一份企劃書。

『那個企劃，妳覺得如何？』

這句話都到喉頭了，還是害怕得不敢問出口。

在那之前，有更該說的話。

「中山小姐，那時給妳添麻煩了，真的很抱歉。」

我低下頭，她露出羞赧的笑容搖頭。

「……芹川老師有多難受，我自認很清楚。老師擁有比別人更強的洞察力和觀察眼，這樣的能力也反映在作品之上。可是，當這份能力把自己推向世人的批判時，您一定感到非常痛苦。」

說著，她喝一口咖啡。

我什麼都沒說，再度低下頭。

「芹川老師，您那時真的做了很多出色的工作。」

她瞇著眼睛，像看見什麼刺眼的東西。

嘴裡說的話，全都是過去式。

我以原創編劇身分在業界出道，是二十歲那年的事——當時還在讀大學。參加大型電視台主辦的公開招募原創劇本活動，我獲得「電視劇・劇本大獎」。

從那時起，我開始不時接到編劇的工作。只是，光靠這些養不活自己。

於是，大學畢業後，我成為從小嚮往的國小老師。

因為在我的感覺裡，編劇的工作只是大學生打工的一部分。

然而，畢業前夕寫的劇本意外爆紅。

那是由一群無名演員演出的深夜電視劇，我因此獲得太多言過於實的讚賞。

以此為開端，大型工作陸續找上我。

二十幾歲的我，被恭維成高收視率戲劇推手，甚至寫起黃金時段電視劇的劇本。

也因為這樣，我辭去教師工作，選擇專心從事編劇這一行。

然而，到了三十五歲左右。

彷彿過去的成績都是謊言一般，數字……就是收視率，怎麼也不見起色。關鍵性的一擊，是一部由我擔任編劇，被認為絕對不可能失敗，集結眾多豪華卡司演出的電視劇。

明明是黃金時段的節目，收視率從頭到尾無法突破個位數，下檔後，我被視為戰犯。

即使如此，還是有人認為這次只是碰巧運氣不好，芹川瑞希下次的作品一定沒問題。所以起初，我還繼續接到工作。

沒想到，下一部戲、再下一部戲仍拿不到漂亮數字，世間對我的批評愈來愈嚴苛。

很快地，負責跟我接洽工作的不再是資深導播，換成了剛入行的新人中山小姐。

那之後不久。

我太害怕世人的目光與評論，承受不住壓力，一度將工作丟下不管。很多擔心的人來聯絡我，我也一律不接電話不出面，徹底失聯。當時中山小姐負責我手頭的工作，真的給她添了很大的麻煩。可是，就算整個世界都轉頭離去，只有她還一直跟我聯絡到最後。不過，後來連這樣的她也不再聯絡我，回過神來，我失去所有工作。被譽為「高收視率推手」時代存的錢快要見底，我當然無法再過跟以前一樣的生活。

搬離當時住的公寓，想選一個盡可能便宜的地方住，最後找到的，就是現在住的小套房。

當年買齊的成套家具也只能賣掉。

至於工作，我開始隱瞞「芹川瑞希」的本名，用「SERIKA」的筆名寫劇本。

在網路上看到招募「社群網路遊戲編劇」的公告，我就自己去應徵，爭取到工作，一點一滴做到現在。

因為沒有名氣，又拿不出實際成績，當然不可能接到大案子。

只是，我至今仍然不敢以本名示人。

「我非常喜歡芹川老師的作品。像是《通往天邊的路》啦、《光之教室》啦，透過您筆下的描寫，社會金字塔底層的主角都很堅強，從谷底往上爬的姿態令人感動，讓我相信只要努力就會有所回報……」

她感慨地說著，我難為情地低垂視線。

我描繪的作品，雖然故事和設定各有不同，基本上有個共通之處。

那就是，從嚴苛環境與不合理狀況中出發的主角，透過努力獲得回報。換句話說，就是勵志故事。

「所以，老師您寄來的企劃書，我也看得很開心。」

她接著這麼說，我不禁心跳加速。

在期待與不安中顫抖雙手，我抬起頭來。

「很抱歉，雖然把您的企劃書帶到會議上討論了，但沒有通過。」

她一臉歉疚，低下頭。

「啊、不會啦。能被帶到會議上討論，我已經很高興了。」

我急忙搖頭，擠出笑容。

曾經懷抱些許期待，說不定老實認真的她會願意考慮我的企劃書。

但還真沒想到，她會把這份企劃書帶到會議上討論。

驚訝的心情更甚於高興，同時也察覺自己的作品已經被業界認定不能用了，瞬間陷入沮喪。

「這也是沒辦法的事，謝謝妳。」

儘管內心大受打擊，我還是裝作嘻皮笑臉的樣子，對她低下頭。

看到這樣的我，有那麼一瞬間，她瞇細了眼睛。

「……沒能幫上忙，真抱歉。」

她輕輕低下頭。

「別這麼說……」我趕緊搖頭。

「還有，不好意思，我差不多該去開會了……」

「喔、好。我才不好意思。」
「那麼我先告辭。」
說著，她點了個頭，將咖啡廳拋在腦後。
「……」
她都已經走到看不見人影了，我還無法馬上起身，坐在原地盯著窗外出神。
隨著時間的流逝，腦中浮現自暴自棄的念頭──「她該不會是為了當面說這些殘忍的話，故意約我出來的吧。」
可是，應該就像她說的，以為我還住在這附近吧。
只要寄封電子郵件就能傳達的事，她還特地來見我，當面說那種難以啟齒的話。
內心湧現對她的感謝之情。
「是否該放棄了……」

這或許是神明給我的啟示。

總覺得，這是上天在告誡老是抓著過去榮耀不放，死不放棄編劇工作的我，要我差不多該死心了。

拿起早已涼掉的咖啡，嘆口氣。

「噯、我剛才不小心聽到妳們說的話。妳該不會是編劇芹川瑞希吧？」

這時，隔壁桌的男人對我這麼說，我嚇得抬起頭。

原本只覺得這人語氣真輕浮，一看到他的長相，更是大吃一驚。

是個清瘦的男孩，看上去約莫二十歲左右？

外表……相當亮眼——應該說，很浮誇。

頭髮是表層金色，裡層染成水藍色的所謂「內層染」，眼睛大概是戴了彩色隱形眼鏡吧，有一雙非常漂亮的綠色眼珠。

又像為了抵銷眼珠給人的搶眼印象，戴上一副紅框眼鏡。

一手拿著智慧型手機，就這樣看著我，咧嘴一笑。虎牙令人印象深刻。

「啊……我是。」

這麼年輕的男孩竟然知道我的名字，我一邊感到意外，一邊尷尬點頭。

「妳寫的故事很有趣喔。」

瞇起眼鏡下的雙眼，他這麼說。

語氣和剛才一樣輕浮，這句話卻深深滲入我心中。

「可是啊，現在那種故事是不會受歡迎的啦。」

接下來這句話，又讓我心頭一驚，肩膀顫動。

「……咦？」

找不到回應的詞語，只能發出困惑的聲音。

「時代改變了啊，不符合時代潮流的東西，很快就會被淘汰。電視圈的工作尤其明顯，畢竟是家家戶戶看得到的內容，從事電視產業的人要是讀不懂時代趨勢，再有趣的內容也沒用。」

他豎起食指，連珠砲地這麼說。

耳朵雖然聽到了這番話，大腦卻完全無法吸收。

這孩子，到底在說什麼啊？

他是要我這個過時的編劇有點自知之明的意思嗎？

這種事，不用這孩子講，我自己也知道。

正當我眼眶一熱，旁邊出現了另一個男人，從男孩背後輕敲他的腦袋。

「好痛！」

「你怎麼劈頭就跟人家講這麼沒禮貌的話。」

這麼指責男孩的，是一個穿黑色西裝，打灰色領帶，年紀大概四十上下的男人。

黑髮、冷靜的眼神與端整的五官，令人留下深刻印象。

男人在浮誇男孩對面坐下來。

是這男孩的父親嗎？

可是，以父子來說，兩人年齡差距未免太近了。

更重要的是，他們很不一樣。男孩給人標新立異的古怪感覺，穿西裝的男人則散發一種教師——不、甚至是「嚴厲教官」的氣質。

「他對您失禮了。」

男人彬彬有禮地低下頭，我只能搖頭說「不會」。

「瑞希老師，這個大叔是妳的粉絲喔。」

說著，男孩嘻嘻竊笑。

穿西裝的男人看了男孩一眼，又對我低下頭。

「真的非常抱歉。」

別這麼說。我再次搖頭。

這兩人或許是叔姪關係？

「聽到自己有粉絲，也是一件開心的事。」

事到如今，我都懷疑是不是真有人支持我的作品了。

「妳筆下的主角各個具備『常識』，面對『考驗』拚命努力。這樣的作品，讓人很有好感。」

他臉色不改，以認真的語氣這麼說。我臉頰都發燙了。

他說喜歡我的作品，聽起來似乎不是社交辭令。

「可是啊，寫法不符合現在這個時代嘛。」

男孩雙手交握在腦後，繼續這麼說。
男人瞪了他一眼，男孩聳肩說「歹勢」。
「那麼，我們差不多該走了。」
男人站起來，男孩也起身說「好——」。
「啊、瑞希老師，如果妳想懂讀時代趨勢，就去這裡吧。今晚是月圓之夜，所以有開店喔。」
男孩放下一張名片。

【滿月咖啡店】

名片上是這麼寫的。
地址在哪裡呢？確認名片上的住址，二條木屋町下。
離這間飯店很近。
「可是，這一帶有叫『滿月咖啡店』的店嗎……」

我自言自語，抬起頭來，已經不見兩人的身影。
環顧四周，也沒看到人。
朝窗外望去，天色已經暗下。
「讀懂時代趨勢，是嗎……」
光看這店名，應該是類似喫茶店的地方，這樣的地方能教會我什麼呢？
該不會除了飲料錢外，還要收取別的費用？
要是很貴怎麼辦……
男孩的外表閃過腦海。
太浮誇了，浮誇到飄散一股可疑的味道。
莫名親人的個性也很詭異。
「……還是回家吧。就算只是普通喫茶店，也不能浪費這個錢。」
我慢慢起身，離開飯店。

3

走出飯店，無論地下鐵站、京阪車站或公車站都很近。

可是，我提不起勁馬上回家，沒搭乘上述任何交通工具，而是朝木屋町的方向閒逛過去。

這裡是京都市中心，維持著一定程度的熱鬧，但也因為放春假的關係，今天沒有很多人。

來到木屋町，我停下腳步。

這條路繼續往北，就是那男孩說的咖啡店了。

「看一下店的外觀就好……」

給自己找了藉口，我就這麼喃喃自語踏上這條路。

右邊是幾戶鄰接的日式傳統民宅，左邊有高瀨川潺潺流過。

刻著「一之船入」的橋映入眼簾。

河上有一艘載運酒桶的船。江戶時代，據說有一個叫角倉了以的富商開通了連接二條與伏見的運河。在二條到四條中間建立了九個上貨卸貨用的碼頭，這裡就是其中之一，人稱「高瀨川一之船入」。

那艘船是模擬當年的船建造的。

河邊的櫻花樹將船團團圍繞，花瓣翩翩飛落。

好有情調的景色。

京都果然很棒，我打從心底這麼想。

我的故鄉在廣島。

第一次造訪京都，是小學教學旅行時的事。

從那之後，我就對京都懷抱強烈的憧憬，拜託父母讓我上京都的大學。

大學還沒畢業就以編劇身分出道，也在京都成為教師。那時，我人生的一切都還順風順水。

現在回想起來，那段日子就像遙遠過去裡的一場夢——

【滿月咖啡店→】

看見這塊招牌時，我忍不住倒抽一口氣。

「竟然真的有。」

朝招牌上箭頭指的方向看過去，有一條小路，路窄得媲美兔子床。

蠟燭照亮腳邊，充滿夢幻氣氛，好美。

會是什麼樣的店呢？

好奇心不斷湧現。

這才想起，我原本是個求知欲旺盛的人，總會花上與執筆同樣長的時間蒐集資料。

曾幾何時，把這種雀躍期待的感覺給遺忘了。

帶著緊張的心情，沿小路前進。

眼前出現隧道狀的大門，我從底下鑽過，出來之後竟是鴨川河邊。

「不會吧，通到河邊來了。」

我驚訝地抬起頭，又大又圓的滿月，皎潔光芒照亮櫻花樹。

月光下，河水潺潺流過。

朝下游方向望去，圓月下有一輛電車車廂，孤零零地佇立前方。

仔細一看，不是電車車廂，是汽車。

與其說是一輛小巴士，不如說是拖車。車身開了兩扇窗戶，窗前各設置一個能供一人飲食的吧檯。

側邊掛著模擬滿月造型的燈飾，前方置有招牌。

【滿月咖啡店】。

剛才看到這名稱時，還以為肯定是一間復古懷舊風格的喫茶店，沒想到不是。這是一間有點小時髦的行動咖啡車。

柔和光線照亮昏暗的河邊，營造出幻想世界般的氣氛。

店內似乎沒有可飲食的空間，拖車前準備了三套桌椅。

其中一個位子上，放著兔子絨毛玩偶。

是預約席嗎？

還特地在兔子玩偶面前放上咖啡杯。

桌上有提燈，裡面燭火搖曳。

「好美……」

我滿懷期待地走過去。

「歡迎光臨，請自己找喜歡的地方坐。」

拖車內傳出男人的聲音。

聲音沉穩溫柔，但看不到人影。

大概正蹲著做什麼事吧。

我在看不到對方的情形下，朝拖車點了點頭，自己找位子坐。

鴨川河畔竟有這麼出色的行動咖啡車，之前都不曉得。

那個男孩提到月圓之夜才開店的事，大概不是每天都有。

真慶幸自己衝動跑來。

高興地這麼想著，以手托腮，抬頭仰望天空時，我大吃一驚。

滿天星斗。

是現今日本看不到的鮮明星空。

夜空中，連銀河都看得一清二楚，簡直就像在看星象儀。

「……好驚人。」

正當我震懾於星空之美時——

「喔喔，這裡的咖啡果然美味。」

從斜後方的桌旁傳來說這話的聲音，我驚訝轉頭。

是剛才放有兔子玩偶的位子。

原本兔子坐的椅子上，現在坐著一位老紳士。

身穿黑色燕尾服，簡直就像等一下要去哪裡參加派對。

……剛才附近有這樣的人嗎？

紳士一副很美味的表情喝光咖啡，緩緩起身，把咖啡杯送回拖車。

「承蒙招待，店長。一如往常，這裡的咖啡最棒了。」

「謝謝您。」

被紳士的背影擋住，加上店內散發的光線，我看不清楚店內的情形，只聽到裡面的店長一邊高興地回答，一邊收下咖啡杯。

踩著瀟灑的腳步走出去的紳士，朝我這裡看過來，瞇起了眼睛。

四目交接，我也向他點頭致意。

擦身而過之前，紳士對我低下頭，悄聲說了什麼。

「……？」

剛才他說什麼？我錯愕地把臉抬起來。

轉過頭，定睛細看。

紳士變成了一隻兔子。

用兩隻後腿站立，朝下游方向走去。

「咦？」

我揉揉眼睛，想再看一次，卻看不到他了。

是錯覺嗎？

我歪了歪頭。

「讓您久等了。」

聽見溫柔招呼的聲音，我又轉回來。

眼前是一隻穿著圍裙，好大好大的三花貓，手上端著放有杯子的托盤。

「——欸！」

我張大嘴巴，抬頭盯著出現在眼前的貓。

這身高，大概有兩公尺吧。

以雙腿站立，身上穿深藍色的圍裙。

臉圓圓的，眼睛笑得像下弦月。

貓講話了。

貓拿著托盤。

最重要的一點，這隻貓也太巨大了吧。

難道是製作精良的大型布偶裝？

不知道究竟該對哪一點感到吃驚，我睜圓了雙眼，從上往下打量巨貓。

毛蓬鬆蓬鬆的，抱起來一定很舒服。

腦袋太混亂了，竟然還冒出這個念頭。

腦中充滿問號。

我嘴巴開開闔闔，卻說不出半個字。

看到這樣的我，三花貓似乎覺得好笑，愉悅地瞇起眼睛。

「很高興看到您大駕光臨，好像嚇到您了，真抱歉。」

不會……我微微搖頭。

「初次見面，歡迎來到『滿月咖啡店』。」

三花貓說著，把杯子放在桌上。

我「喔」了一聲，視線落在桌上的杯子上。

那是一個有著微微曲線的小杯子，裡面放著三顆冰塊和水。

在放上桌子時的輕微碰撞下，水面像是撒了金粉般，閃爍著小小的光點。

「……？」

臉湊向杯子，光點已經消失。

又是錯覺嗎？

一連串的驚訝，使我感到喉嚨乾渴。

拿起杯子，一口喝光裡面的水。

和過去喝過的任何水相比，這杯水完全沒有任何雜味。
通過喉嚨，感覺輕柔地滲入身體，往全身擴散。
真正美味的水，說的或許就是這種水。
喀啦。杯子裡的冰塊發出聲響。
在這春寒料峭時節的夜晚，喝一杯冰水竟能如此感動……
話說回來，今天滿溫暖的。
喝了水，我也稍微冷靜下來。
「我是這間店的店長，今天我們店裡的人對您失禮了。」
這句話讓我不解地歪了歪頭。
「店裡的人……？」
我終於開口說出話來。
「是的。是我們店裡的人告訴您這間店的吧？」
這時，不知從何處出現了兩隻貓，輕巧地往桌上一坐。
其中一隻貓，有著大耳朵與嬌小體型的奇特外貌，喜歡貓的我一看就知道，這應該是獅城貓。另一隻則是有黑白花紋的賓士貓。

獅城貓骨溜溜轉動那雙美麗的綠色眼珠，賓士貓細細長長的眼睛是灰色的，眼尾有點上揚。

兩隻都是普通大小的貓。

「瑞希老師，妳真的來啦。」

這麼說的，是獅城貓。

因為已經看過巨大貓講話，即使現在普通大小的貓跟我說話，衝擊力好像也沒那麼強烈了。不過還是很驚人。

「……欸？」

接著是賓士貓，露出英氣十足的眼神，對我點了點頭：

「芹川老師，剛才失禮了。」

他們的模樣，令我聯想起在飯店咖啡廳遇見的兩個男人，我睜大眼睛。

「你們該不會是那時候的……？難道是貓妖？」

三隻貓面面相覷，對著情不自禁說了這種話的我噗哧一笑。

「我們有時也會化成人類的樣子，不過並不是貓妖。」

「對啊，妳說這話太過分了吧。」

賓士貓和獅城貓這麼說，我感到自己臉頰抽搐，姑且也只能先道歉：「抱歉。」

「這間『滿月咖啡店』，是貓的咖啡店嗎？」

我屏住呼吸這麼問。

——貓的咖啡店。

自己居然說出這麼充滿童話氣息又夢幻的話，我不由得苦笑。

或許我不知不覺睡著了，現在其實是在作夢。

應該說，這種事只可能出現在夢裡吧。

是了，這一定是夢。

這麼一想，我感到全身虛脫。

聽了我的疑問，三貓再度面面相覷，含混點頭。

「應該算是吧。」

賓士貓這麼回答，之後，獅城貓搔了搔耳朵後方，開口說：

「其實這也只是暫時的模樣而已。」

就在我狐疑地往前探身時，賓士貓「咳咳」清了清喉嚨。

獅城貓急忙用手遮住嘴巴。

接著，三花貓店長鄭而重之地，把手放在胸口說：

「『滿月咖啡店』沒有固定的店面。有時在你熟悉的商店街，有時在電車的終點站，有時在安靜的河邊空地，地點不一定，心血來潮出現。同時，本店不會問客人要點什麼。」

店長依然把手放在胸口，對我彎腰鞠躬。

「我不能點自己想吃喝的東西嗎？」

對。店長點頭。

「剛才那位老爺爺喝了咖啡，那也不是他自己點的嗎？」

「對。」

「我也想點咖啡……」

店長露出有點抱歉的表情，瞇起眼睛說：

「本店的咖啡，只提供給嚐過酸甜苦辣，懂得品味一切的『大人』。這位小姐，您還太年輕了。」

店長「呵呵」一笑，我睜圓雙眼。

「小、小姐？我已經四十歲了耶？」

「四十歲，以行星期來說還在『火星期』，所以說小姐妳還年輕呢。」

「喔……」我發出滑稽傻氣的聲音。

「火星期……是什麼？」

「您應該知道和地球一樣的太陽系行星吧？」

被這麼一問，我點頭說「當然」。

「呃，有水星、金星、火星、木星、土星、天王星、海王星、冥王星——對吧？」

我從小就用「水金地火木土天海」把九大行星的名稱背起來了。

喔喔，不過近年也有將冥王星除外的說法……

「沒錯。」店長豎起看似食指的小小手指說。

「所謂的年齡域，就是除了九大行星外，再加入月亮與太陽，形成月亮、水星、金星、太陽、火星、木星、土星、天王星、海王星、冥王星。」

就這樣，店長開始對我說明「行星期」與「年齡域」是什麼。

——首先是月亮。

月亮掌管人們從出生到七歲這段期間。

這段期間，是「感覺」、「感性」與「心」成長的時期。

接著，是水星。

八歲到十五歲就是年齡域中的「水星期」。

雖然這時踏入的社會還很小，很侷促，但人們開始學到各種與社會生活相關的事。

以人類世界來說，校園就相當於一個小型社會。

再來，是金星。

「金星期」是十六到二十五歲。

以「水星期」學到的事物為基礎，這個時期人們更進一步學會「裝飾自己」、「找到樂趣」以及「戀愛」。

據說金星掌管的是嗜好、娛樂與戀愛。

原來如此，人們大約在上高中時邁入「金星期」，這麼說也有道理。

接著，是太陽。

「太陽期」相當於二十六歲到三十五歲。經過「水星期」的學習和「金星期」的享樂，到了這個時期，人們總算開始用自己的雙腳走上人生之路。

「現在的妳，處於三十六歲到四十五歲的『火星期』，這是過往學到的各種事物內化為屬於自己的東西，終於能夠開始發揮實力的時期。」

「這個年紀的人確實常被說是精力充沛的『壯年』……」

儘管聽得有些困惑，我仍這麼搭話。

店長接著說了下去。

木星期是四十六歲到五十五歲。

土星期是五十六歲到七十歲。

天王星期是七十一歲到八十四歲。

海王星期是八十五歲至死之前。

冥王星期，意味著死亡瞬間。

「因此，從星象角度來看，邁入『火星期』才等於剛踏入『成人』的世界。所以，小姐妳還很年輕。」

他又叫了我一次「小姐」，使我臉頰發燙。

「不過……」店長又說。

「如果沒有好好度過月亮、水星、金星和太陽期，有時也會無法繼續前進。」

「所謂好好度過，是什麼意思呢？」

我往前探身詢問，店長卻笑著舉起手說「別急、別急」。

「比起那個，妳肚子不餓嗎？」

被他這麼一問，才發現自己肚子忽然餓起來。

仔細想想，中午吃過泡麵後，到現在什麼都沒吃。

明明在作夢，為什麼這種感覺會這麼真實呢？

一陣甜甜的香氣掠過鼻端。

抬起頭，店長手上的托盤裡，放著一盤鬆餅。

「這是本店自豪的『滿月奶油鬆餅』。」

三花貓店長以驕傲的語氣這麼介紹，同時將鬆餅與紅茶一起擺上桌。

白色盤子裡疊著幾片圓圓的鬆餅，上面再放一塊圓形奶油。

「這是月圓之夜最受歡迎的餐點喔。」

「請淋上滿滿的星星糖漿。」

獅城貓和賓士貓接連這麼說。
我點點頭，把糖漿淋在奶油上。
星星糖漿一如其名，閃著亮晶晶的金銀光芒，落在圓形奶油上，沿著整塊鬆餅朝四面八方流淌。
「……我要開動了。」
扭捏地低下頭，我拿起刀叉。
銀色的刀子和叉子，打磨得如同鏡子一般光亮。
我切下一口大小的鬆餅，送入口中。
鬆鬆軟軟，溫和的甜味。
濃厚的奶油香，配上星星糖漿十分爽口。
感覺好懷念，卻又是初次嚐到的滋味。
我打從心底認為，這就是我現在最想吃的東西。
「——好好吃！」
簡直像是有生以來第一次吃到鬆餅，這鬆餅就是這麼好吃。

對了。這樣的感動，或許非常接近幼年時初次吃到鬆餅的感受。

看到我這樣，店長和獅城貓開心地微笑起來。一旁的賓士貓則依然保持冷靜的表情。不過，我猜他一定也很高興，因為他的尾巴筆直豎立。

接著，我拿起茶杯。

裡面是不加糖的紅茶。

輕輕啜飲一口，入口直順，沒有一絲澀味。即使如此，仍喝得出紮實的紅茶味。

那溫暖的液體從喉嚨進入體內，彷彿有種輕柔的什麼在身體裡擴散。

「……這紅茶也好美味。」

「本店紅茶用的是月圓之夜摘取的茶葉。擁有『解放』的能量。」

店長如此說明。

「解放？」

「對。滿月具備『放手』的力量喔。放掉的東西，包括後悔、嫉妒、執著等『負面』情感。」

後悔、嫉妒、執著——

我再喝一次紅茶。

想放手的，不只是這些。

還有在意他人視線的心和對批評的恐懼。

以及轉移視線，不想面對現況的膚淺——

「……這些東西要是真能放手就好了。」

這麼喃喃低語時，眼淚潸然滑落。

我急忙拭淚。

「請別介意，反正這裡沒有別人，只有『貓』。」

店長這麼說著，用溫柔的視線低頭看我。

「妳一定沒流過眼淚吧？難受的時候，痛苦的時候，沒有好好哭出來是不行的。水有沖走一切的作用。」

這麼說起來，過去遇到那麼多難受的事，我真的都沒流過眼淚。

只是怯懦地把自己縮成一團，躲藏起來而已，卻忘了要哭泣。

現在，沿著臉頰落下的淚水好溫熱。

從下巴滴落時，眼淚也像星星糖漿一樣，閃閃發光。

「唔……」

像是要把至今壓抑的痛苦心情發洩出來，我流著眼淚。

狠狠哭了一場，再次抬起頭時，已經不見店長的蹤影。

獅城貓和賓士貓也不見了。

環顧四周，轉頭朝「滿月咖啡店」內望去，三隻貓都在那裡。

察覺我的視線，他們對我點頭致意。

「請慢慢享用。」

彷彿聽見他們這麼說的聲音。

我也點頭回應，視線落在桌上。

鬆餅還熱熱的，滿月奶油融化成濃稠的液體，滲入鬆餅裡。

再一次拿起刀叉，切下鬆餅送入口中。

不知何處傳來鋼琴平靜的樂音。

是貝多芬。

第八號鋼琴奏鳴曲，作品十三，別名《悲愴》。

曲名聽來哀傷，曲調卻非常溫柔。

一開始的節奏，就像在這片河原上緩緩漫步，停下腳步仰望月亮，看著夜櫻，沉浸在昔日回憶中——

過去的回憶並非盡是充滿歡樂。

真的是發生了各式各樣的事。

回顧過往，至今仍會心痛，一切都是過去的「悲愴」。

「這首《悲愴》，或許是能療癒心傷的樂曲……」

我靜靜低喃，拿起茶杯。

又圓又大的滿月，映照在水面。

4

「要不要再來杯紅茶？這次喝加入牛奶的也不錯喔。」

聽到這句話，望著鴨川出神的我回過神來。

抬起頭，三花貓店長手上捧著一只曲線圓潤的銀色紅茶壺。

「謝謝，我要再來一杯。」

我老實點頭，把茶杯往前推。

店長在杯中注入紅茶，再拿起一只白色瓷器，從中倒出牛奶。

「這是從銀河汲取的星之乳。」

店長說著，抬頭仰望星空。

天上的銀河看得一清二楚。

在希臘神話中，構成銀河的正是乳汁。

加入牛奶後，琥珀色的紅茶轉眼變成柔和的奶茶色。

那我就不客氣了。說著，我捧起茶杯，送到嘴邊。

和無糖紅茶不一樣，奶茶滋味溫柔，我的眼角自然而然下垂。

「光是加入牛奶，紅茶就變成完全不一樣的東西了呢……」

我這麼喃喃低語，店長就微笑道「是啊」。

「剛才店長說的月亮、水星和金星的事……那個，和紅茶說不定也有點像喔。」

「有點像？」

「是啊。一開始是水，沸騰後放入茶葉變成紅茶，注入牛奶又變成奶茶……」

我發出感嘆的低喃，店長呵呵一笑：

「不愧是編劇老師，形容得多采多姿。」

「請別這麼說，我只是說好玩的。」

我難為情得臉頰發燙。

「不過，我覺得妳形容的很清楚易懂喔。即使一開始只是水，後來的經驗也能讓水轉變為別的東西。」

聽到這句話，我忽然想起一件事，抬頭看著店長說：

「剛才店長說的『如果沒有好好度過』是什麼意思呢？」

——不過，如果沒有好好度過月亮、水星、金星和太陽期，有時也會無法繼續前進。

剛才，店長是這麼說的。

「喔喔。」店長應了一聲，指著我對面的椅子說：

「我可以坐下來嗎？」

當然可以。我這麼說著點點頭，店長便在椅子上坐下。

巨貓店長坐在人類用的椅子上，顯得有些侷促。

「每個不同的時期，都有每個時期必須學習的事物。如果沒有好好在應學的時期學到，之後就得補習。」

儘管店長這麼說，我還是聽不太懂，只能愣愣地「喔……」。

「舉例來說，如果月亮期——也就是孩提時代沒能好好面對父母，到了二十五歲的太陽期，就有可能和父母起嚴重衝突。又或者，相當於學生時代的水星期，如果沒有好好面對學問，到了火星期，就得學習更多東西。」

就像有些小時候不懂得反抗父母的人，長大成人之後會出現遲來的叛逆期現象。

我想起從前對談過的一位大企業社長說的話。

那位社長說自己學生時代完全不用功念書，連高中都沒去上就創業開公司了。然而，隨著事業愈來愈成功，要學習的東西也愈來愈多，真的學得很吃力。

「人啊，總有一天還是非得認真學習不可。」社長笑著說的這句話，使我印象深刻。

看我露出理解的表情點頭，賓士貓也跑來坐在桌子上，開口說：

「就這點來說，芹川老師的月亮期和水星期都有好好度過呢。」

小時候，因為我是二女兒，對父母想說什麼就說什麼，父母應該也都有放手讓我做自己想做的事。

我做事懂訣竅，又喜歡被誇獎，所以很努力念書。

『瑞希一定能當老師。』

聽到父母這麼說時，我真的很高興。

這時，獅城貓也出現了，一樣跑到桌上趴下來，托著下巴說：

「可是，在金星期時，比起戀愛，妳好像比較注重興趣？」

一言中的，我悶哼一聲，縮了縮身子。

獅城貓說得沒錯，十六歲到二十五歲這段期間，我確實把興趣看得比戀愛更重。

喜歡寫小說的我加入文學社團，熱衷於製作同人誌和打工，也花了很多時間精力去看喜歡的演員演舞台劇。

比起自己的戀愛，作品裡的戀愛故事更令我沉迷。等到自己終於也談戀愛，是大學四年級時的事。

一群已經找到工作的朋友聚餐，我就在那裡與他相遇。

當時，聚會中沒有對象的，碰巧只有我們兩人。

「你們兩個乾脆交往吧！」

朋友們這麼起鬨。當下我們都露出「傷腦筋」的苦笑，但既然大家都這麼說了，也就約好日後一起去看電影。

他的外表並非我喜歡的型。

只是興趣相仿，長相也算中等，和他在一起一點也不會緊張，反而覺得很輕鬆。

就這樣，我和他交往了起來。

交往六年後，他向我求婚。

好像是因為他的上司和父母都說「是該成家，安定下來的時候了」。

可是，當時的我正忙於編劇工作，沒有答應。

這成為我們分手的導火線。

後來，我和一個地方電視台的助理導播走得很近，順理成章和這個比我年紀小的男生在一起。

拖拖拉拉交往了十年，他在工作上平步青雲，我卻愈來愈落魄。

這幾年，每次見面都暗示想結婚的我，讓他心生厭倦了吧。

漸漸地，我們愈來愈少聯絡。他對我最後說的話，使我大受打擊。

『我要結婚了。』

我明明是他的女朋友，他卻說要結婚了，這是怎麼回事？

「哈哈。」我乾笑了幾聲。

正要陷入沮喪時——

「沒有好好面對戀愛，就會導致這種下場。所有發生的事，都是自己種的因結的果。」

賓士貓用冷靜的語氣這麼說。

確實如此。和男友交往的後半段時光，我眼中只看到自己。

不、我是刻意不去看現實。

因為我不想感覺到他的心正在遠離我。

眼中浮現淚光。

「啊——大叔，你怎麼欺負瑞希老師。」

獅城貓發出責怪的聲音，賓士貓露出歉疚的表情。

「我沒有欺負她的意思……」

「你講話真的很刻薄。不好意思喔，瑞希老師。這個嚴苛的大叔會準備最棒的甜點來賠罪。」

「……我知道了。」

賓士貓跳下桌子，走進店內。

其實我不覺得自己被他欺負。不過，倒是很期待品嚐最棒的甜點。

店長伸手拍拍我的背。

「妳呢，平穩地度過月亮期，水星期好好學習過，金星期也盡情享受了嗜好，所以太陽期才會發光發熱。」

太陽期，二十六歲到三十五歲，的確是我人生中的黃金時期。

當時幾乎以為自己已獲得了全世界。

「可是，為什麼現在……」

話說到一半就痛苦得說不下去。

於是，店長輕聲嘆口氣。

「或許因為在太陽期，妳被自己耀眼的光芒遮蔽了雙眼，所以沒能好好學習。」

「是啊，追根究底，直到今天，瑞希老師始終沒有理解自己的作品為什麼走紅吧？」獅城貓接著這麼說。

被他說中了，我低聲呻吟，瞇起眼睛。店長在一旁打圓場，笑著說：

「現在就是妳補習的時候。所以，不能故意不去看自己該學的事。」

我無以反駁。雖然不知道究竟何謂補習，現在，我確實該正面檢視現實，不能再別開視線了。

「所謂補習，是該做什麼才好呢？」

我抬頭看他們。

「首先，要先認識自己吧。」

說完，獅城貓咧嘴一笑。

——認識自己。

說來簡單，實際上做起來可難了。

店長從口袋裡拿出一只懷錶。

「我可以叫出妳的出生圖（Natal Chart）嗎？」

被這麼一問，我不解地皺眉問：「出生圖？」

「擔任『滿月咖啡店』店長的同時，我也是個『讀星人』喔。」

「『讀星』，就是指占星術嗎？」

對。店長點點頭。

原來是占星啊，我聳了聳肩。

我是還差一天就進入牡羊座的吊車尾雙魚座。

大概出於這個緣故，每次看占星都覺得沒說中。

「瑞希老師，看妳表情這麼鬱悶，怎麼了嗎？」

獅城貓過來窺看我的臉。

「我星座算命很少算得準……」

猶豫之下還是這麼說了，店長與獅城貓你看看我、我看看你，輕聲笑出來。

「瑞希老師，我們家店長的讀星，和『星座算命』有點不一樣喔。」

「不是說『占星』嗎？」

對啊。店長點點頭。

「妳口中的占星，大概是指太陽星座的占星吧？」

「喔……」我只能這麼搭腔。

「太陽星座只是占星的一部分喔。我們讀星人，會根據每個人的出生圖解讀那個人的紀錄。」

「紀錄？」

我聽得一愣一愣，店長又說了一次：

「可以看一下妳的出生圖嗎？」

「啊、好的，沒關係。」

「那麼……」說著，店長把懷錶抵在我的額頭上，打開錶蓋。
一看裡頭，盤面上不是普通的鐘錶，而是西洋占星術常見的星盤。
店長按下懷錶上的龍頭，盤面發出令人目眩的光，一個巨大的星盤投影在夜空中。
「這就是妳的出生圖。」
店長抬頭看著天空說。
「哇。」我口中自然發出驚嘆。
投影在夜空中的巨大星盤震懾了我。
星盤位於視線稍稍抬高的地方，就算必須仰望，脖子也不會痠。
「看這個能知道什麼嗎？」
「知道妳的一切。」
一切？我睜大眼睛。
內心有點想反駁「怎麼可能有那種事」。
彷彿聽見我的心聲，店長瞇起眼睛，像看著什麼耀眼東西似的仰望星盤。

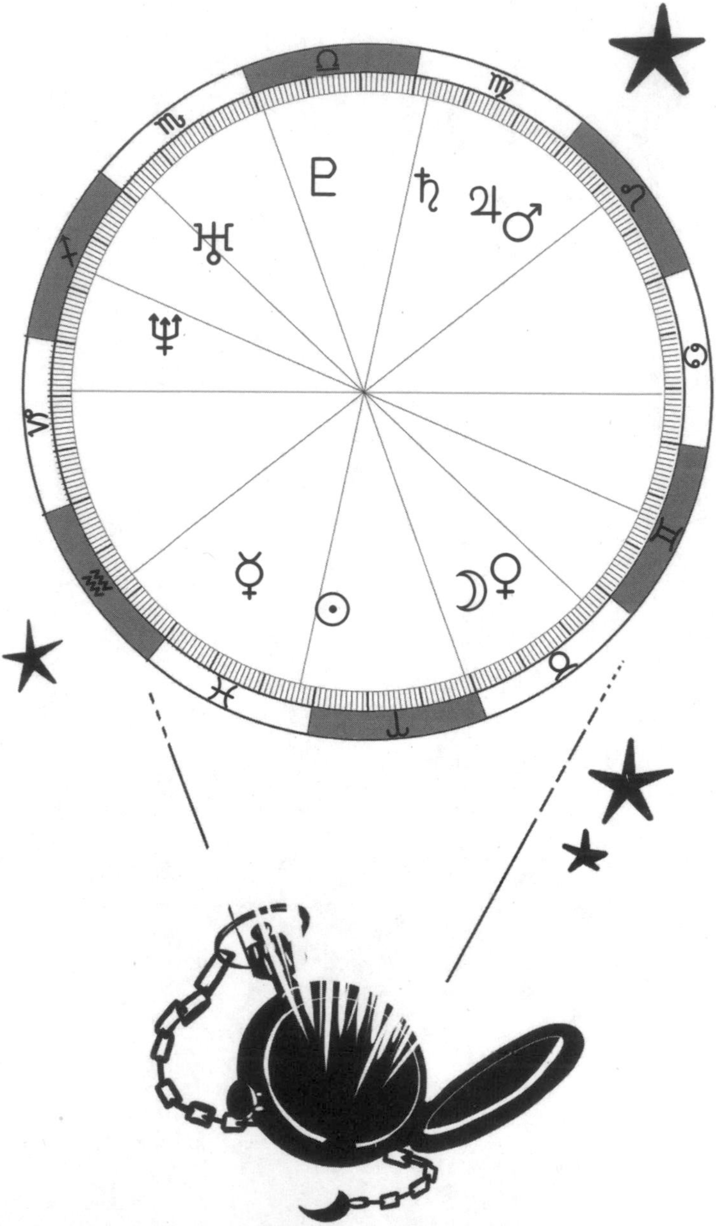

「——西洋占星術的起源，據說是紀元前兩千年的巴比倫尼亞，距今四千年前就誕生了。」

「這麼久遠以前……」

「對。這或許給人古老過時的感覺，但是，四千年前的人就算知識量沒有現代人多，創造力與思考力卻和現代人沒有差別。人類的智慧是很厲害的，透過智慧的集結，現代人甚至可以前進宇宙了不是嗎？」

店長溫柔地問，我點頭回答「對耶」。

「當時的人們擁有足以前進宇宙的智慧，窮盡一切鑽研『占星術』。這不只是『算命』，而是一門學問——可以說是『科學』了。占星術雖然不能把人的身體帶到宇宙，卻能借用宇宙的智慧，成為剖視過去與未來的指南針。」

指南針……我悄聲複誦。

「而出生圖就是妳的基本資料。剛才妳曾用紅茶比喻人生吧？水煮開變成熱水，加入茶葉就變成紅茶。」

「對、對。」

「每個人的起點都不一樣，有人不是『水』，而是從『牛奶』開始，也有性質完全不同的起點，比方說『土』。」

聽到店長這麼說，獅城貓點頭表示認同，口中低喃「原來如此……」

「土可以變成黏土，更有可能更進一步變成建築物。」

店長仰望星盤說：

「從這個出生圖，就能看出妳的起點是水、牛奶還是土。」

這平易近人的說明，妥貼地深入我心中。

「換句話說，就是透過星盤了解自己的屬性。」

對對對。獅城貓豎起食指。

「只要知道屬性就會明白，即使再怎麼努力，打從一開始就不可能從『土』變成『牛奶』。」

這比喻太極端了，我忍不住笑出來。

「說的也是，確實強人所難。」

「就是這麼回事。」店長點頭說。

「那麼，請重新來看看妳的出生圖。」

我照店長所說，朝自己的星盤望去。

「出生圖呈現圓形，像時鐘一樣分成十二個房間。」

是。我點點頭。

「接下來，我想用植物來比喻人生。上半部是地面上，下半部是地面下，也就是扎根的位置。」

我答腔道：「是……」

「只要根部環境整理得好，地面上就會綻放花朵。如果覺得自己現在開不了花，那就必須查看地面下──根部的狀態。」

當店長這麼一說，星盤下半部就散發淡淡的光芒。

「星盤頂端是南方，下端是北方，面對星盤左手邊是東方，右手邊是西方。從太陽上升的東邊第一間房間（第一宮）開始。第一宮就是代表自身的房間（宮位）。」

這時，第一宮散發淡淡的光芒。

南
東
西
北

「那代表，我自己……？」

即使聽了店長的說明，我對行星符號也是有看沒有懂。

「妳第一宮的星座，是從摩羯座開始。」

看起來像「&」橫放的符號，似乎就是摩羯座的符號。

「摩羯座是非常具有常識，認真又勤奮的星座。最討厭不正直的事。此外，出生圖也暗示著妳是一個野心家。」

我為之語塞。

的確，我性格上是有這樣的一面。

「可是……」獅城貓指著星盤說：

「途中就進入水瓶座了吧？」

我也朝星盤一看，像「&」橫放的符號底下，是看起來像兩條「∫」疊在一起的符號。

那似乎就代表水瓶座。

「途中加入水瓶座要素了喔。水瓶座具備冷靜蒐集資訊，加以分析的能力。」

我點頭表示同意。

「水瓶座的符號，看上去和電波也有點像吧？」

說著，店長用短短的指頭描繪出兩條「∽」。

被這麼一說，看起來確實也有點像電波。

「也有人說，水瓶座掌管與網際網路或大眾媒體相關的工作。妳小時候原本『想當老師』，也朝這條路邁進了，結果最後卻選擇了編劇的工作，或許就是受到星盤從摩羯座進入水瓶座的影響。」

都說到這個地步了，我覺得背脊一陣發涼。

這或許就是一切都被看透的感覺。

「既然都說到這了，我先來聊聊關於水瓶座的事吧。因為這對現在的你們來說，是非常重要的事。」

店長說的不是「現在的妳」，而是「現在的你們」。

這是什麼意思呢？

「『你們』是指？」

「活在現在這個時代下的所有人。」

話題的規模忽然變得這麼大，我忍不住瞪大眼睛。

5

「不久前還是『雙魚座時代』，現在則已進入『水瓶座時代』了喔。」

我聽不太懂這句話的意思，歪了歪頭。

「從雙魚座時代進入水瓶座時代？」

沒錯。店長說著，按下那很像懷錶的東西。

「在我們讀星人之間，指的就是在地球的歲差運動下，春分點從雙魚座進入水瓶座這件事——」

這次，星牌附近出現兩條魚用繩子綁在一起的雙魚座符號。

「雙魚座的時代，大約是從基督誕生到西元兩千年這段期間。」

「差不多兩千年，這麼長一段時間，都是雙魚座的時代嗎？」

見我這麼驚訝，獅城貓一副天經地義的樣子說：「是啊。」

「這是當然的呀，接下來的大約兩千年，就是水瓶座的時代了。」

我不小心發出滑稽的驚呼。

店長呵呵一笑。

「所以，你們跟『水瓶座』這個星座，有想斬也斬不斷的緣分。」

也就是說，到死為止都是水瓶座時代了？

說不定就連轉世投胎都還在水瓶座時代。

「從符號中的兩條魚也可看出，雙魚座時代是個雙重特質對立的時代。我們常聽到受支配的階級社會或學歷社會等說法，所有人為了爬上金字塔頂端死命往上游，這就是雙魚座時代的特色。」

的確，現今社會人人都想從好學校畢業，以在一流企業工作為目標。

「難道現在不一樣了嗎？」

聽我這麼問，獅城貓苦笑抓頭。

「不，時代還依依不捨喔。畢竟延續了兩千年，就算轉移到水瓶座，也不可能說變就變吧。」

是啊。店長點頭表示同意。

「即使轉變到下一個時代，前一個時代的餘溫也不會馬上消失，至少會拖個十年左右。就這樣逐步交接給下一個時代。」

交接啊……我笑了起來。

「水瓶座是怎樣的時代呢？」

店長正想回答，像是阻止他似的，坐在桌上的獅城貓站起身來，把手放在胸口。

「關於水瓶座的說明，就交給我烏拉諾斯吧。」

烏拉諾斯，這似乎是獅城貓的名字。

好罕見的名字。

「水瓶座的主題，首先是革命。」

「革命……」

「對，為了一掃上個時代殘留的價值觀，進而改頭換面，世界上會發生令人不忍卒睹的天災人禍。遺憾的是，這些都無法避免，說起來就像是一種宇宙機制。」

仔細回想，進入水瓶座時代後，確實出現很多過去難以想像的事件或自然災害等可怕現象。

「可是，就算是宇宙機制，引起那種天災人禍未免太過分了……」

我忍不住這麼抗議。

獅城貓露出沮喪的表情，彷彿受責備的是他。

於是，店長用略帶歉意的語氣說：

「革命時代會『發生什麼樣的事』，不是宇宙能決定的，一切都是人類自己決定的喔。」

「人類決定的？」

我不解地皺起眉頭反問。

「呃……」獅城貓似乎拿我沒轍，這麼解釋了起來：

「革命這種東西，說起來就像期末考，展現的是那之前所作所為的結果……」

大概因為我原本是老師，他才用這種方式比喻，但我實在聽不太懂，露出疑惑的神情歪著頭。

看到我的表情，店長輕聲笑了。

「比方說，法國革命的時候，如果皇室與國民之間原本關係良好，就不會演變成那樣的革命方式。近年發生的革命也一樣，都是人類至今對某些事裝作沒看見的『結果』，在革命的當下一口氣爆發。但那並不是宇宙刻意的安排，如果每一個人都能好好面對，秉持彈性思考行動，就有可能迎來和平的革命。」

店長說的我能聽懂。

但那或許只是理想。

可是……

「那種事是不可能的啊。」

我情不自禁這麼說，店長聽了苦笑起來，點頭說「是啊」。獅城貓搔了搔頭：

「所以，革命時才會總是發生腦袋被人毆打一類的事。大家都希望生活能恢復原狀，但是不可能『回去』了。就像掀起戰爭後，不可能回到戰前的生活一樣——」

只能展開戰後的新世界了。他想說的是這個意思吧。

我懷著苦澀的心情點頭。

「人們能做的，唯有顛覆原本的價值觀。時代已經從雙魚座進入水瓶座，人們也必須從『集體朝同一目標邁進的時代』進入『個人的時代』。」

「個人的時代……」

對。獅城貓點頭。

「為了確立『個人』，科技不斷發達。時代改變，每個人的發言都變得有其分量。比方說網路的發展，讓普通人也能在網路上說出足以成名的話，這種力量就是水瓶座的象徵。」

是喔。我這麼應和。

確實如他所說，世人開始注意到「網紅」的存在，也差不多是二〇一〇年之後的事。

「每個人的發言開始帶有力量，正代表這是個言論自由的時代。可是，有時這樣也會陷入失序。不過，多種能量共存正是水瓶座的時代特色喔。簡單來說，就是『別人是別人，我是我』。在雙魚座的時代，適婚年齡結婚、生子是『正確』的事，到了水瓶座時代，人們開始有了『各種方式都很好』的想法。」

嗯嗯。我點頭表示贊同。

海外許多國家都開始認同同性婚姻了，這或許也是水瓶座的象徵。

「水瓶座除了象徵科技外，也意味著靈性。前者是電波，後者是思想，兩者乍看之下完全不同，其實是放在同一個瓶子裡的東西。」

「電波與思想，放在同一個瓶子裡……」

我反覆思量獅城貓說的話，喃喃自語地說：「好深奧啊……」

仔細想想，社會上流行起「能量色彩」或「前世今生」的話題，好像也是進入水瓶座時代之後的事。

「除此之外，創造力、平等、友愛、自由與做自己，也都是水瓶座的特徵。」

獅城貓「耶嘿」一笑，驕傲地抬頭挺胸。

不過，他馬上又回過神似的，拍了拍自己的額頭說：

「啊、抱歉，因為水瓶座和我關係密切，情不自禁想替水瓶座說話了。其實雙魚座時代也不壞喔，正因現實嚴苛，更讓人懷抱安適的夢想。雙魚座也象徵憧憬與夢想嘛，例如『美國夢』，就是雙魚座時代的典型。」

對對對。店長也點頭贊成。

「還有，『灰姑娘』也是典型的雙魚座故事。」

原來如此，我不由得擊掌，這麼說我就懂了。

老實努力的女主角不顧一切地豁出去採取行動，結果就是被位於金字塔頂端的王子看見，最後兩人終成眷屬。

這可能真的是象徵雙魚座時代的故事。

這麼說起來，我寫的劇本都是灰姑娘式的故事——

想到這裡，我睜大雙眼。

「——想想，我寫的作品全部都是『雙魚座時代』的故事……」

聽到我這麼說，店長微微一笑，獅城貓點頭說：「沒錯。」

「瑞希老師的作品為世人所知的時候，雖然已經進入水瓶座時代，當時還殘留著濃濃的雙魚座特質。那種時候，大眾本能地感受到時代正在變遷，出於對過往的懷念，便會特別喜歡象徵前一個時代的作品。」

所以我的作品才會爆紅吧。

然而，當世人對雙魚座時代的眷戀告終，對我的作品就不屑一顧了。

「這樣啊，我的作品真的已經派不上用場了，因為時代改變了嘛……」

我露出自嘲的笑容。

「這話說得不對喔。」

聽見背後的聲音，我回頭一看，賓士貓手上端著托盤。

托盤上，放著一個很像水瓶座的容器。

「其實就跟行星期的道理一樣。」

說著，賓士貓把水瓶容器放在桌上。

玻璃瓶中，裝的是查佛鬆糕。

查佛鬆糕是一種英式甜點。將卡士達醬、海綿蛋糕與水果一層一層疊在容器裡。

因為用的是玻璃容器，側面可以清楚看見糕點層層疊疊的模樣。

「跟行星期的道理一樣？」

「對，帶著對過往每個時代的經驗，轉而學習下一個時代的事。雙魚座時代的東西不是被丟棄，而是被繼承下來。原本繩子束縛的兩條魚，進入水瓶座時代後擺脫繩子的拘束，可以自由自在悠游水瓶中，現在是這樣的時代。」

眼前的水瓶裡，也有著魚形果凍。

看起來就像在甜點之中悠游。

「歷經漫長歲月，古典音樂依然受人喜愛，想必今後依然如此。灰姑娘的故事也和這一樣，始終都會有人追求這樣的故事。」

店長這麼一說，賓士貓就點點頭說：「是的。」

「只是，必須把表現方式轉換為水瓶座的表現方式。」

說不定古典音樂的演奏，也是跟著時代轉變為每個時代的人能夠接受的方式。

他們的說明說服了我。

「那麼，現在讓我們再看一次妳的出生圖。」

店長重新望向夜空中的星盤。

「剛才也說過，下半部是地下，上半部是地上。遇到事情不順利的時候，必須先把地下——也就是根部的環境整理好。第一宮代表『自己』，第二宮代表『財產』，也就是『金錢』。現在水星進到這裡來了呢。」

「水星暗示的是資訊與情報的傳達，還有時機。」

獅城貓這麼說。接著，賓士貓也開口說道：

「知性和溝通也是水星的暗示喔。第二宮的星座從『水瓶座』變成了『雙魚座』。妳賺錢的方式，也就是妳選擇的職業，是教師和編劇。兩者可說都是適合妳的職業，最終妳選擇了當編劇，或許是擅長描摹形象的雙魚座帶來的作用。」

教師和編劇兩種工作雖然完全不同，對我來說，做這兩件事都很理所當然。

沒想到出生圖連這點也看得出來，我感到非常驚訝，但也覺得這番剖析很有道理。

「可是，為什麼現在會這麼不順利呢？」

「這個嘛……」店長瞇起眼睛說：

「選擇的職業沒有不好……如此一來，問題就出在根源中的根源，也就是『家』了。代表『家宅』的是第四宮。妳的第四宮星座是『金牛座』，進入其中的行星是『金星』及意味著心的『月亮』，兩者相鄰。」

店長這麼說明，獅城貓和賓士貓不約而同點頭說：「原來如此……」

「咦？怎麼了嗎？『原來如此』什麼？」

「『金牛座』象徵豐饒——也就是豐盛。放在『家』這個地方來看，指的是奢華的空間。」

聽了店長的解釋，我點頭說「是」。

「進入這裡的是『金星』和『月亮』。這表示，妳只有在自己打從心底認為『美好』的空間工作，才拿得出好結果。住在連自己都不喜歡的房子裡，只會讓心情低落，不斷朝不好的方向前進。所以，為了妳自己好，有必要刻意讓自己住進美好的房子裡喔。」

我聽見自己心怦怦跳的聲音。

因為作品收視率差，我逃避工作，失去了收入，那時……

不得不搬出自己很喜歡的公寓，選擇現在住的便宜小套房。

「可、可是，我已經無法在上一個房子裡生活了！再說，現在的狀態也不可能搬家，絕對不可能！」

低下頭，放在腿上的雙手握拳，語氣激動。

我又不是自己想搬離前一個家的！

才不想聽別人說那種不負責任的話呢。

沒想到，獅城貓盤起雙臂說：「真的是這樣嗎……」

「如果有『自己絕對要繼續住在這裡』的念頭，只要努力也有可能做到吧。那時候，瑞希老師妳只是自暴自棄而已，不是嗎？」

接著，他更毫不留情地說了這樣的話。

「……」

沒錯，正如獅城貓所說。

當時的我，是自暴自棄了。

認為自己配不上原本使用的家具，就把它們全部賣掉，也是出於這種心情。

賓士貓用開導的眼神看我。

「芹川老師，現在說這些不是要妳馬上搬家的意思。重要的是，如何打造現在住的地方，讓自己盡可能過得舒服開心。」

賓士貓這麼一說，店長也微笑表示「沒錯、沒錯」。

「他說得對，『住在美好的房子裡是為自己好』，重要的是妳要『明白』這件事。這麼一來，也能下定決心『總有一天要努力住進自己最喜歡的房子』，這就是認識自己。」

我擦掉不知何時含在眼眶的淚水，點頭說：「你們說得沒錯。」

像現在這樣，住在自己不喜歡的家，所有東西都用便宜貨打發。根本就是完全把自己當成悲劇裡的女主角。

像要表現給誰看似的，想要的東西忍耐不去買，為了省錢只吃泡麵，連最愛的咖啡店都不去……把自己當成在清貧中奮鬥的灰姑娘。

或許我以為只要這樣，就能受邀參加舞會……不可否認，內心深處有這樣的想法。

可是，事實上不是如此。

以我的狀況來說，唯有現在盡可能讓自己過得舒服優雅，舞會的大門才會為我敞開。

我深深認同他們說的話。

「我懂你們的意思。從還住在老家時，我就最喜歡佈置自己的房間了，打造舒適美好的空間，對我來說很重要。」

店長微微一笑，瞇細了眼睛。

「能夠『認識自己』，就能『重視自己』。這麼一來，妳這顆星星才會發光喔。」

「我這顆『星星』？」

「每個人都是一顆星。」

在來這裡之前，要是聽到誰說這種話，我一定只會苦笑。

可是現在，我坦然接受了這說法。

「是。」我點點頭，仰望夜空，然後閉上眼睛。

小時候，第一次擁有自己的房間時，內心真的好雀躍。

儘管只是個小小的房間，我仍盡自己所能，把它打造成最棒的空間。

思緒馳騁當年。

現在的房間也一樣，只要多花一點心思，肯定也能改造得很美好。

這麼一想，我開始期待起來。

「我想起小時候的事了，一定會盡力把現在的房間佈置得很棒。」

我睜開眼睛，店長和獅城貓都不在眼前。

似乎回店裡去了。

留下來的只有賓士貓。

他在空杯裡重新注入紅茶，微笑著說：

「請慢用，好好享受水瓶座查佛鬆糕吧。」

總覺得，這是第一次看到賓士貓露出笑容。

感覺像看到非常寶貴的東西，我高興地拿起湯匙。

「好的，我要享用了。」

「那個……」賓士貓正要回店內時，我叫住了他。

賓士貓停下腳步回過頭。

「請問，你叫什麼名字？」

「我叫薩圖恩努斯。」

「薩圖恩努斯……」

繼獅城貓後，又是個特別的名字呢。聽起來像個大人物。

印象中，好像在哪裡聽過這個名字。

賓士貓點頭致意，就這麼走回店內。

拿起湯匙插入水瓶中，我舀起一口查佛鬆糕。

「好好吃……」

鮮奶油、水果、果凍，每一種材料都充分展現特色，卻又不互相牴觸，彼此襯托搭配，在口中甜蜜融化。

這正是水瓶座的甜點。

我在滿天星光下，吃著甜點中的絕品。

多麼享受的時光。

全部吃完後，說聲「好好吃」，我仰望夜空。

星星閃閃發光。

憶起還在當老師的時候，和學生一起去看星象儀的事。

「沒記錯的話，金星還有個名稱叫維納斯，而土星叫薩坦。」

當時還曾心想，薩坦這名字的發音，聽起來有點恐怖。

不過，在天文館聽到的說明是，土星的「薩坦」和惡魔的「撒旦」無關，由來是羅馬神話中神祇的名字「薩圖恩努斯」。

換句話說，賓士貓的名字——是土星的意思？
我抬起臉來，朝咖啡店的方向望過去。
「滿月咖啡店」已經不見了。

6

有人在叫我。

女人的溫柔聲音。

「——這位客人。」

「這位客人」。那人用抱歉的語氣這麼對我說，我赫然驚醒。

映入眼簾的，是金碧輝煌的水晶吊燈。同時，看見一位身穿黑洋裝與白圍裙的女性，擔心地看著我。

「您身體不舒服嗎？」

「啊……咦？」

我發現自己正坐在非常舒服的沙發上。

眼前的桌子，放有空的咖啡杯。

恍惚的頭腦逐漸清醒，察覺這裡是飯店裡的咖啡廳。

看來，我大概是睡著了。

「對、對不起，我……」

我急忙起身，店員搖頭說「沒關係、沒關係」。

「本店咖啡可以續杯，您要喝一杯再走嗎？」

對她的親切感到不好意思，我搖搖頭，逃也似的離開飯店。

「居然在飯店咖啡廳睡著，真丟臉。」

一邊加快腳步，我一邊這麼小聲嘟噥。

話說回來，店員對這樣的我卻那麼親切。

其實很想喝杯咖啡提振精神，卻無法為了喝一杯續杯咖啡再待下去，這一定是我第一宮摩羯座的性格使然。

走著走著，忽然想到這件事，不由得微笑起來。

夢中的情景，還清晰留在腦海。

真是不可思議的夢。

外表是隻巨大三花貓的讀星人店長，名字叫做薩圖恩努斯的賓士貓，還有獅城貓烏拉諾斯。

「烏拉諾斯也是星星的名稱嗎……」

我停下腳步，拿出智慧型手機。

打上「星星」、「烏拉諾斯」等關鍵字搜尋。

搜尋結果，出現星星的圖片，顯示這是掌管革命的星星——天王星。

那兩隻貓，分別以土星和天王星為名。

我情不自禁倒抽一口氣，抬頭仰望天空。

和夢中看到的滿天星斗不同，天上只有疏落的星光。

「那終究只是個夢。」

即使如此，他們說的那些話，已牢牢記在我心上。

經歷了雙魚座時代，現在進入水瓶座時代了。一個重視靈性的時代，也是進入網路社會的時代，更是尊重每個人特色的時代。他們是這麼說的。

能在這個水瓶座時代從事社群網路遊戲的劇本創作，或許可以說是一種幸運。

我不想糟蹋這樣的機運。

只因為是配角，就算和女主角修成正果，也只能寫「不怎麼樣的內容」。今後我不想再介意這種事，就算不是「最完美的愛情」，也要寫出很棒的故事。

若是能讓玩家產生「只要更努力地玩，說不定能讀到最完美的愛情故事」，身為編劇的我就值得了。

為了達成這個工作目標……

「首先，去買花回家吧。還要買漂亮的成套紅茶杯碟……」

在家裡裝飾鮮花，泡美味的紅茶，打起幹勁努力工作。

有朝一日……

還想再去一次「滿月咖啡店」。

「要是到時候能喝到咖啡，那就太開心啦。」

我踩著輕盈的腳步走過河原町通，輕輕笑起來。

第二章 滿月冰淇淋爆漿巧克力蛋糕

1

「果然不該去見她的。」

我——中山明里，看著窗外出神，口中喃喃低語。

這裡是地方電視台大樓的某間會議室內。

因為比約定時間還早到，我拿著在咖啡店買的咖啡歐蕾，坐在靠窗的位置，回想稍早發生的事。

『企劃沒有通過。』

腦中閃過芹川瑞希聽到這句話時的表情，我大嘆了一口氣。

以結果來說，我等於去向那位曾被譽為高收視率推手的編劇，宣告她的作品已不適用於這個年代了。

早知道，還是應該寫信告訴她就好。

一開始，我也只打算以電子郵件回覆。

只是，確定要來京都出差後，無論如何都想見她一面。

我和她交情匪淺，並不只是因為認同她的作品。

還有另外一個原因。

那是一件小事。一直想找機會跟她說，可惜直到今天都沒能傳達。

「簡直就像宣判死刑。」

正當我這麼低聲嘟噥時。

「不要說什麼宣判死刑嘛，應該說現在才要開始才對，明里。」

身旁傳來說話聲，我嚇得彈跳起來，轉過頭一看。

是常在工作場合碰到的造型師。

會議室門沒關，他大概是看到我就走進來了吧。

「很傷腦筋對不對？預定演出主要角色的女演員竟然被爆出外遇八卦。妳今天來，一定是為了這件事。」

他是個用女孩子口氣說話的四十多歲男造型師，下巴蓄著時髦的鬍子，微捲的頭髮有點長，在後頸處隨性紮成一束馬尾。

我不知道他姓什麼，名字好像叫「次郎」，大家都稱他「次郎哥」。

他待人溫和友善，懂得察言觀色，散發一股好相處的氣質，到哪裡都很受歡迎。

我卻有點怕他。

跟他在一起，總覺得坐立不安。

「對啊，是這樣沒錯，不過……」

「不過？」

「在來這裡之前，我去見了芹川老師。」

「芹川老師，是那個編劇芹川瑞希嗎？」

我點頭說對，他發出「呀——」的興奮尖叫聲。

「人家是芹川瑞希作品的粉絲耶，接下來該不會又有她寫的電視劇可看了吧？」

次郎哥雙手捧著臉頰，扭動身軀。

看到這樣的他，我露出苦澀的表情，別開視線。

「不是這樣的。」

我用淡然平靜的語氣這麼解釋，機靈的他收斂起原本興奮的態度：「這樣啊……」

「原來如此，難怪妳會說自己是去宣判死刑。」

對啊。我點點頭。

「之前好久一直沒有聯絡，有一天忽然收到她寄來的企劃書……」

「內容完全不行嗎？」

「倒也……不是不行。正因為內容還不差，我就拿到會議上討論，不過大家似乎覺得『有點不符合現在這個時代潮流』……」

「是喔……」次郎哥的表情也嚴肅了起來。

「這種事真的很難拿捏呢。實際上，也有一些復古懷舊風格的作品大受歡迎。不過，那種作品之所以有趣，或許是因為忠實復刻了古早情懷。就像真正的純喫茶，有時還比刻意營造復古味卻做得不夠徹底的咖啡店好太多了。」

聽起來天外飛來一筆的這番話，卻正好說中我內心的想法。

芹川瑞希的企劃書就像那樣的咖啡店，儘管拿出的菜單內容還不錯，店內裝潢陳設卻做得不夠徹底，讓人難以想像上門的會是哪個年齡族群。

「可是啊，不是寄封信去說『不能用』，還特地像這樣來見面，妳一定也是想給她一點建議吧？」

被次郎哥這麼一問，我差點無法呼吸。

這個人說話總是如此一針見血。

或許我怕他的原因就在這裡。

沒錯。我去和她見面，是想當面確認一些事。

我很想知道，芹川瑞希現在是否還嶄露著光芒。

野心——說不定有人討厭這個詞，但我認為，無論在哪個業界，沒有野心的人就不會成功。

就算曾經成功過，那也只是一時的幸運，不久就會告終。

從一個人的眼睛裡看不看得到野心，能夠判斷對方在工作上付出多少熱情。

一個人有多認真面對自己的工作，也能從這裡看出來。

芹川瑞希還活躍於第一線時，眼裡看得到正面意義的野心，那雙眼睛總是閃閃發光。

工作走下坡或企劃書不被採用是無可奈何的事。

每個人一定都會遇上這種事。

我原本希望看到她眼裡還有當年那種堅強的光芒，不料實際見了面，她卻讓我大吃一驚。

芹川瑞希已經完全褪色了。

「我把企劃沒通過的事告訴芹川老師，她看上去雖然受到打擊，但也只是嘻皮笑臉放棄……要是以前的她，一定會窮追不捨地問：『那妳認為怎麼做，企劃才會通過？』現在連問都沒問了。」

我自言自語地發著牢騷。

次郎哥盤起雙臂，嘴裡答腔道：「原來是這樣啊……」

「明里還是一如往常嚴厲呢。」

「我很嚴厲嗎？」

確實也有同事這麼說過，但我並不記得自己在造型師面前做過什麼嚴厲的事。可是，次郎哥甚至用「一如往常」來形容我的嚴厲，這實在教人意外。

難道職場上流傳著關於我的負面評價嗎？

當我這麼一想，他又輕聲笑著說：

「啊、抱歉唷，我只是隱約有這種感覺啦，並不是有誰散播妳是『刻薄女』的傳聞，放心吧。只是我以旁觀者角度，覺得明里妳好像對自己和別人都很嚴厲呢。」

他說得很輕鬆，我卻聽得苦笑起來。

「次郎哥，你看起來好像對什麼都不以為意，其實觀察入微呢。」

「嗯，常有人這麼說。」

「我有個感情很好的兒時玩伴，現在從事妝髮師的工作。她也和次郎哥一樣，看起來漫不經心，其實對事物的感受很敏銳喔。你們美容造型這行的人，是不是這樣的人特別多啊。」

我認真地問，他倒是噗哧笑了。

「是不是這樣我不知道，不過，造型師和妝髮師的工作也可說是『一直在看人』的工作，或許因為這樣，無論如何都會變得敏銳吧？」

有道理。我被說服了。

態度真誠的造型師或妝髮師，看人不只看外表，連對方的喜好和理想都會一起看在眼裡。

如此一來，自然更容易觀察出一般人看不到的事。

「明里的頭髮，都是那位妝髮師朋友剪的嗎？」

「喔、不是。那位朋友住在老家京都，我住在東京，所以沒辦法固定讓她剪。」

「咦？妳的兒時玩伴老家卻在京都？明里不是東京人嗎？」

「是啊，我爸媽都是關東人，只是因為父親工作的關係，我國小、國中都在京都生活喔。住在京都那幾年，和那位朋友感情一直很好。」

原來是這樣啊。次郎哥盤起雙臂。

「妳那個朋友，技術好嗎？其實我這邊缺一個妝髮師啦。」

「技術很好喔，她曾在大阪一間知名美容院工作。只是，好像始終覺得不適合自己，就把工作辭掉了。她現在在父母經營的理髮店工作，一副如魚得水的樣子。」

「哎呀，這樣呀。沒法挖角她了嗎。」

「我還是會幫次郎哥問問她的。」

「謝謝！對了，我們交換個聯絡方式好嗎？來，這是我的QR code。」

說著，次郎哥遞上名片。

「啊、好的。」

我立刻用手機讀取QR code，把他的聯絡方式存入手機通訊錄。

「和明里認識這麼久，總算交換了聯絡方式，真開心。」

次郎哥微微一笑，我卻情不自禁轉頭看其他地方，嘴上轉移話題。

「對了，關於您剛才說的事……」

「什麼事呢？」

「就是說我嚴厲的事。」

喔喔。他點點頭。

「妳不是說，直接和芹川老師見面，把企劃沒通過的事情告訴她了？」

這麼說果然很殘忍嗎？

我一邊感到胸口一陣刺痛，一邊低垂視線。

「不是啦，不是妳想的那樣。明里原本一定打算，見到芹川老師之後，如果還能從她身上感受到強烈的工作意願，就要想辦法幫她一把對不對？可是，她一聽到企劃沒通過，立刻就打退堂鼓了？」

對。我點點頭。

「看到她這樣，明里就做出『既然她對工作只有這種程度的熱情，那就算了』的判斷。」

「或許……是吧。」

雖然我沒想得這麼具體，被次郎哥這麼一問，也覺得確實是這麼回事。

「就是這樣，我才說妳『嚴厲』喔。」

「我做錯了嗎？」

「這不是對或錯的問題。芹川老師寄企劃書給妳時，肯定是鼓起了所有勇氣。」

「我想也是。」

正因如此，我才認為她不該輕易放棄。

「拚命收集起來的勇氣，在名為『拒絕』的強風面前，很容易就會被吹散喔。只有充滿自信的人，才有辦法在被拒絕時死纏爛打。」

從前那個閃閃發光的芹川瑞希掠過腦海。

就算案子被退件，她也會死纏爛打追問：「那要怎麼改比較好？」當時的她深深震懾了我，也令我感到敬佩。

然而，聽次郎哥這麼說我才察覺。

能夠在面對拒絕時窮追不捨，或許是因為當時的她身穿名為「自信」的盔甲，手握名為「實績」的武器。

我默不吭聲，次郎哥又盤起手臂說：「不過呢——」

「明里說的也有道理。好不容易都鼓起勇氣跟妳見面了，怎能輕易放棄到手的機會呢。」

我知道他是顧慮我的心情才這麼說，不知如何回應才好，只能吶吶答腔。

「話說回來，明里對芹川老師真的很有感情呢。難道妳也是她的粉絲？」

「這也是原因之一，不過，還有另外一個原因……」

「另外一個原因？」

「我跟芹川老師滿有緣分的。」

「唷？什麼樣的緣分？」

「其實她還沒出道，我就認識她了。雖然老師似乎完全不記得我，但我記得她，我從她身上學到『幫助別人是一件美好的事』。所以，我也曾想盡我所能幫助她……」

對她來說，當年和我並沒有深入接觸，也難怪會不記得。

只是，我記得很清楚，那時的我，覺得她是個很棒的人。

一直想著哪天要跟她提這件事，卻總是錯失時機。

「哎呀，妳們之間有什麼小故事嗎？」

正當次郎哥津津有味追問時，門邊傳來一個男人的聲音。

「中山小姐？」

轉頭一看，從門外探頭進來的，是個三十五歲左右，身穿西裝的男人。

他是廣告公司的業務，名叫塚田巧。

我們大概半年沒見面了吧。

基本上，我都在東京工作，他負責的業務則都在西日本地區，平常單身派駐在關西。

我來這邊出差時，兩人常一起吃飯或去喝兩杯，關係還不錯。

次郎哥發出高亢的「哎呀」。

「這不是塚田老弟嗎？依然是型男一個呀。」

塚田笑著說「沒有啦、沒有啦」。

「沒記錯的話，你太太快生了吧？恭喜啊，塚田老弟。」

次郎哥接著這麼說，塚田一副不好意思的表情點頭致意，視線朝我投射。

「那個，中山小姐，可以跟妳聊一下嗎？」
「……不好意思，我馬上要在這邊開會。」
「五分鐘就好。」
他雙手合十拜託。
「不、會議真的就快開始了，不好意思。」
我看也不看他一眼，嘴上客氣回應。
即使強裝平靜，我的手仍微微顫抖。
塚田用遺憾的語氣說「這樣啊」，說完就走了。
等他走得看不見人影，我才鬆了一口氣。
次郎哥「嗯哼」了一聲，雙手扠腰。
「……明里，妳跟塚田老弟是不是有什麼？」
我什麼都沒說，閉緊嘴巴。
「妳跟他搞婚外情嗎？」
「才、才不是那樣！我根本不知道他已婚，那個人對金屬過敏，手上沒有戴婚戒，也沒告訴我他已經結婚了……所以！」

一口氣說到這裡，沒想到倉促之間說出這些話，連自己也感到驚訝。

這件事，除了當妝髮師的那位兒時玩伴，我從來沒對其他人透露。更別說告訴職場上有工作往來的對象。

最糟糕的是，誰不好說，偏偏跟這個人說……

「妳在不知情的狀況下跟他交往了嗎？」

「……還不到交往的地步。」

不想被次郎哥看見眼中的淚水，我低下頭。

「喔，是那麼回事。」

不用我全盤托出，次郎哥也對一切了然於胸，點了點頭說：

「一定很難受吧？尤其對明里妳這種個性的女孩子而言更是如此。不嫌棄的話，我隨時願意聽妳說喔。」

說完，他拍了拍我的肩膀。

我什麼都回答不出來。

後來，節目導播和製作部工作人員也來到會議室了。

「那我差不多該走了，加油嘍！」

次郎哥朝我揮揮手，走出會議室。他後腳才剛踏出去，女演員鮎川沙月前腳就走了進來。

鮎川沙月差不多二十五歲，與其說是美女，不如說屬於可愛型的女生。有著平易近人的笑容，很快就抓住電視機前觀眾的心，大受歡迎。這樣的她，前幾天被週刊雜誌爆出與已婚男演員搞婚外情的醜聞。世人一改對她讚不絕口的立場，開始齊聲撻伐。電視與網路上，每天都有人在討論她不倫戀的話題。

心裡一定很難受吧。

原本活潑開朗的她，現在看上去判若兩人。

臉色很差，表情消沉，皮膚和頭髮都失去光澤，整個人像是一口氣老了五歲。

以前她總是說著「大家早」，大聲向眾人打招呼，今天卻——

「……大家早。」

用幾乎聽不見的聲音這麼說完，悄悄坐在椅子上。

大概知道自己接下來要被宣布換角了吧。

低著頭，放在腿上的雙手握緊拳頭。

「明里，妳來開口吧。」

導播在我耳邊輕聲這麼說，我只能懷著沉重的心情點頭。

為什麼今天非得宣判兩次死刑不可呢。

2

——開完會後，一股不舒服的情緒縈繞不去，我加快腳步穿過走廊。

就像想嘔吐時一樣，胸口有種悶悶的感覺。

「辛苦了。」雖然像這樣擠出笑容，對擦身而過的工作人員點頭打招呼，內心想的是要盡快離開這棟建築。

「呼——！」

一走到建築外，彷彿總算能夠呼吸似的，我用力吐出一口氣。

太陽早已下山，四下一片昏暗。

話雖如此，眼前這條叫烏丸通的大馬路車水馬龍，沿路都是餐飲店。

隔著烏丸通的另一側是「京都御苑」。

只要再往南走一點就有地下鐵丸太町站，一方面想馬上搭車回飯店，一方面卻又不想抱著這種鬱悶的心情回住的地方。

「稍微散散步吧。」

我低聲自言自語，走進「京都御苑」。

在地人都稱這裡為「御所」，導致很多外地人以為「京都御苑」和「京都御所」是同一個地方，其實有點不同。

「京都御所」指的是舊皇居，環繞御所的公園部分才稱為「京都御苑」。「京都御苑」雖是氣氛莊嚴的所在，性質上仍不脫「公園」，二十四小時對外開放，隨時都能來這裡散步。

園內有豐富的植物景觀，綠意盎然。

森林、草地，甚至連池塘與神社都有。

平日這裡經常舉辦跳蚤市場，不過現在天已經黑了，周遭人煙稀少，四下鴉雀無聲。

我在公園裡信步閒晃。

不經意地，會議上的事掠過腦海。

女演員鮎川沙月哭著對大家說「給各位添了麻煩真的非常抱歉。一切都是我的錯，是我的心太脆弱，才會招來這樣的結果」，簡直就像在開記者會。

把贊助廠商決定換角的事告訴她後，她一邊說「果然還是決定這樣了嗎」，一邊哭得一把鼻涕一把眼淚。

盡情大哭一場後，她又握緊拳頭。

『……我或許真的有錯，但是憑什麼只有我受到這種對待呢？』

低下頭這麼抱怨。

『難道不是嗎？如果說他的太太和孩子生氣，那還有道理。為什麼跟我們毫不相干的世人要那麼生氣？我又沒有對其他人做什麼壞事！再說，社會上外遇不倫的人那麼多，大家的罪都一樣重吧？為什麼只有我被當成殺人犯似的！如果不是每個外遇的人都受到這種迫害，我實在無法接受！』

她像是徹底發洩了至今心中累積的壓力。

隨後，哭著衝出會議室。

經紀人立刻追上去，卻沒及時拉住她。

我們在會議室裡等了一下子，她還是沒回來，經紀人傳來訊息說：「大概跑回飯店了，請各位先回去吧。非常抱歉。」

接到經紀人這樣的聯絡，我們也就散會了。

我想起鮎川沙月那句「大家的罪都一樣重」，胸口一陣刺痛。

低下頭時，聽見不知何處傳來哽咽的聲音，我抬起頭。

朝聲音方向望過去，長椅上坐著一個女人。

天色太暗，看不清她的臉，不過應該是在哭？

剛這麼一想，就看到她從便利商店購物袋裡拿出罐裝啤酒，喝了起來。

喝得又急又大口。

是失戀了嗎？

要是被糾纏上就麻煩了，還是趕緊走吧。

打定主意，轉身就要離開時，我倏地停下腳步。

因為，一陣風吹走厚厚的雲朵，天上出現一輪皎潔滿月。

月光照亮周遭，我也把坐在長椅上女人的長相看得一清二楚。

是女演員鮎川沙月。

「鮎川小姐……」

聽到我叫她的聲音，鮎川沙月朝這邊看過來。

「咦？」

她站起來，似乎喝醉了。

「這不是中山明里小姐嗎？今天真是辛苦妳了。」

見她踩著踉蹌腳步好像想走過來，沒想到又一屁股跌坐在地。

「妳、妳沒事吧？經紀人一定會很擔心的喔。」

我跑到她身邊，抓住她的手臂，幫她慢慢站起來。

「才不會擔心呢，因為我所有工作行程都被取消了啊。」

大張雙手，她哈哈大笑，身體轉起圈圈。

「等一下，鮎川小姐，妳沒事吧？」

我馬上扶住她的身體。

「我可是在這種沒什麼人的地方，獨自喝得醉醺醺的耶？怎麼可能沒事呢？中山小姐，沒想到妳這麼笨。」

她用手摀住嘴巴呵呵竊笑，看得我一陣火大。

「既然妳還這麼有精神，想必是不需要擔心了。」

就在我這麼說著，打算放開她的時候。

「噯、中山小姐，妳跟人搞婚外情吧？」

被她這麼一說，我肩膀為之一顫。

「我啊……今天提早到了，在休息室休息。可是去上廁所的時候，從會議室前面經過，碰巧聽到妳跟次郎的對話喔。中山小姐也在談不倫戀吧？竟然有臉對我說『要把妳換角』，這不是厚顏無恥，什麼才是厚顏無恥？」

她又哈哈大笑起來。

「才沒有！」

我從喉嚨深處用力迸出吶喊。

大概被我的氣勢給壓倒，鮎川沙月當場愣住。

「我才沒有！我絕對沒有在談不倫戀！」

看到我雙手抱頭這麼說，鮎川沙月似乎從酒醉中清醒了些。

「好啦好啦，我知道了啦。」

就在這時——

眼角瞥見一團柔和的光線。

為了確認光線的來源，我和她都朝那邊轉頭望去。

大樹下出現一輛拖車，似乎是行動咖啡車。

不知是否剛抵達，身穿深藍色圍裙的年輕女孩正擺好桌椅，拿出寫著「滿月咖啡店」的招牌。

「怎麼會在這時間開店……」

「真的耶。」

我和鮎川沙月不禁面面相覷。

再朝行動咖啡車看一眼，已經不見剛才那個女孩。這次，一隻全白的波斯貓看著我們，舉起一隻手招了招。

3

夜晚無人的「京都御苑」中，忽然出現的「滿月咖啡店」。圓月柔和的光芒就像聚光燈一般打在行動咖啡車上，使咖啡店本身散發一股朦朧的微光。

飄來一陣馥郁的咖啡香氣，彷彿從昔日美好時代的喫茶店前經過時聞到的氣味。

波斯貓端坐在剛才那女孩擺好的桌子上，盯著我們看。

身上圍著一樣的深藍圍裙，是和女孩成套的嗎？

也許是受到咖啡香氣與白貓神秘眼瞳的吸引——

「……鮎川小姐，要不要去喝杯咖啡醒醒腦？」

「好主意。」

像被什麼吸過去似的，我們朝「滿月咖啡店」走去。

一靠近咖啡店，坐在桌上的波斯貓就開口說「歡迎光臨」，語氣自然得像發出「喵」叫聲。

我們驚訝地睜大眼睛。

是誰使用了腹語術嗎？

忍不住朝店內的方向轉頭。

咖啡店吧檯窗口，一隻賓士貓露出英氣十足的表情看著我們。

「這是一間貓咪咖啡店嗎？」

「欸、怎麼回事，貓竟然會講話……」

鮎川沙月看似膽怯地抓住我的手臂，湊上我耳邊說的卻是：

「中山小姐，我看這應該是綜藝節目的整人橋段，我們就配合演出吧。」

聽她這麼一說，我馬上就懂了。

想想也對，不然怎麼可能有這種事。自己身為電視從業人員，竟然沒有第一時間想到，說來還真丟臉。

鮎川沙月不愧是專業女演員。

只見她露出非常驚訝的表情，腦中一定正想像著觀眾的視線吧。

對婚外情醜聞造成所有工作泡湯的她來說，有整人節目願意來拍攝，可說是一件值得感謝的事。

她一定是把這份工作當作自己起死回生的機會了。

看我們這樣，波斯貓呵呵一笑。

「抱歉驚嚇到兩位。我是『滿月咖啡店』的店員，目前店長不在，今晚由我維納斯，和那邊那位薩圖恩努斯一起為兩位服務。」

原來波斯貓的名字叫維納斯。

真是個氣派的名字。不過，那宛如黃金的閃亮金黃雙眸，確實美得像金星，這個名字非常適合她。

那悅耳的聲音，大概是請來哪位配音員躲在後面發聲，或是在圍裙底下藏了麥克風。

不太可能訓練貓演戲，大概是用了製作精良的機器貓。

話雖如此，現代科技也太厲害了吧。

「啊、請問，我們可以點咖啡嗎？」

這麼一問，波斯貓露出歉疚的表情。

「本店的方針，是不接受客人點餐。」

「欸？所以我們什麼都不能點嗎？」

不知是否打從心底吃驚，鮎川沙月瞪大眼睛這麼說。

「是的，不過，我們會為客人量身特製極品美味甜點、食物和飲料。」

波斯貓接著如此說明，我點點頭說「這樣啊」。

「換句話說，就像交給主廚安排的『無菜單』餐廳。」

「正是。那麼，兩位請坐吧。老交情的兩位齊聚一堂，一定有很多話想聊……這裡沒有攝影機，請放輕鬆喔。」

波斯貓笑得促狹，在桌上放了兩杯水就走進店內了。

我睜大雙眼。

「她說『這裡沒有攝影機』耶？」

「大概從送上飲料時就停拍了吧。貓不可能說話，製作單位應該察覺我們已經發現了。」

聽鮎川沙月的語氣，她對這件事好像不是很在意，拉開椅子坐下，立刻拿起水杯喝水。

我也在她對面坐下來，歪了歪頭說：

「還有，『老交情的兩位』是什麼意思啊？」

沒想到，鮎川沙月呵呵笑了起來。

「中山小姐，妳不知道嗎？」

「知道什麼？」

「我和中山小姐是同一所小學畢業的喔。」

欸！我瞠目結舌。

這才想起，鮎川沙月是土生土長的京都人。

「鮎川沙月是藝名，而且我小時候很陰沉又不起眼，妳不記得我是理所當然的事。」

面對這麼說的她，我難掩震驚，探身向前追問：

「這麼說來，我和鮎川小姐以前認識嗎？」

「沒有。」她搖搖頭。

「我比妳小，學年也不一樣，幾乎沒有交流。只是，放學時中山小姐是我隸屬路隊的小隊長，所以我記得妳。」

學年不同的話，也難怪自己對她沒印象了。

可是，就算外表再不起眼，她的五官這麼漂亮。

應該要記得才對啊……

我忍不住低下頭思考，她又笑著說：

「我小時候非常胖，走路很慢，慢到會給周圍的人添麻煩的程度。」

這句話喚醒了我的記憶，想起路隊裡確實有個胖嘟嘟的學妹。我恍然大悟抬頭。

「我稍微有印象了，鮎川小姐，妳瘦了好多啊。」

「上高中後，因為討厭自己的外表，我開始慢跑。因為這是唯一不用花錢的運動。」

這麼說來，她確實有一副和可愛長相不太相稱的結實身材，是經過鍛鍊的那種帥氣體型，甚至還出版過美容健身書。

「中山小姐則和當年一樣，依然散發『模範生』的氣質呢。」

她笑得一臉懷念，我有點難為情，轉移視線拿起水喝。

「連這樣的中山小姐都做出和我一樣的事，是不是因為對剛正不阿的人生感到疲憊了呢？」

被她這麼問，我板起臉來。

「都說了，我跟妳不一樣。我沒做過那種事。」

心底多少還有點顧慮「攝影機可能在拍」的事，無論如何都無法說出「婚外情」這個關鍵字。

要不然，真想說清楚「我沒有搞婚外情」啊……

「鮎川小姐……」

「啊、叫我沙月就可以了喔。我也叫妳明里姐好嗎？」

她很快地這麼說，我也說聲「那就這樣吧」，重新來過。

「那樣說我的沙月，妳自己也是因為厭倦了剛正不阿的人生，才會走歪路談不倫戀的嗎？」

沙月微微歪著頭，托起下巴說：「該怎麼說好呢？」

「……我在沒有父親的家庭長大，家裡生活難免過得很辛苦，只有看電視能讓我忘記現實世界。看電視的時候，就是我最開心的時候了。自然而然地，我對五光十色的演藝圈懷抱強烈的憧憬。」

說到這裡，她「呼」地嘆了一口氣。

「他就是我心目中『理想父親』的形象。可是，又不是真正的父親對吧？或許正因如此，我深深受到他的吸引。在演藝圈發光發熱的『理想父親』，這樣的男人等於滿足所有我渴望的條件，因此控制不住自己……墜入情網時太沉迷於對方，想都沒想到他的太太和小孩，只是很高興能和他在一起……事情演變成現在這樣，我才察覺自己做了什麼事。我之所以沒有父親，不就是因為我爸外遇離家嗎。明明那麼痛恨我爸的外遇對象，自己卻做了跟那女人一樣的事……」

一絲淚水從沙月臉頰滑落。

她或許也還意識著攝影機的存在。
不過，我能感受到這番話毫不虛假。
只是，我的狀況和她不一樣。
獨自外派京都的他——塚田巧，在我面前裝作一副單身的樣子。
以此為前提來接近我。
他是廣告公司業務，或許因為這樣，博學多聞人又聰明。和他在一起，能獲得很多刺激。
一起吃過幾次飯後，我自然對他有點意思了。
某天晚上，「今晚要不要來我家喝？」面對他這句邀約，我直率地點頭。
我也年過二十五了。
快要進入人稱「三十拉警報」的年紀，無論如何都會開始思考結婚這檔事。
如果能和他結婚，這樣的對象比一般人更理解我的工作型態，必定會是個好伴侶。

再者，他在知名廣告公司工作，父母一定會很高興我找到這樣的對象。

我連這種事都想過了。

唯一擔心的，只有一點。

他個性隨和，頭腦又好，外表也長得帥。很容易吸引異性。

我擔心他除了我之外，還有其他約會的對象。

然而，去了他獨居的週租公寓，裡面找不到其他女人的影子，我打從心底鬆了一口氣。

我們打開去百貨公司地下美食街買回的時髦下酒菜，用葡萄酒乾杯，天南地北閒聊。

也聊到芹川瑞希的話題。

「其實啊，我小學時是芹川老師的學生。」

聽到我這麼說，他不解地眨著眼。

「咦？什麼意思？她開過教人編劇的課嗎？」

「不是不是，她以前是學校老師。因為是約聘教師，所以不是級任，只是我們放學回家時，路隊的帶隊老師也是她……」

聊著這件事讓我們笑了起來。就在這時，一陣沉默忽然降臨。

電視上播的是看過好幾次的電影《新娘百分百》，此時宛如背景音樂般流洩。

他輕輕抱住我，雙唇交疊。

吻著吻著，推倒我的身體。

這時，他的手機震動了。因為關靜音，放在桌上震動的智慧型手機輕易破壞當下的氛圍。

「你的手機在響喔。」

「沒關係，反正一定是上司喝醉了來聯絡。」

他不耐煩的表情，讓我感到不太對勁

直覺告訴我，是女人打來的。

「說不定是重要電話，漏接就傷腦筋了，快接起來吧。」

我拿起手機遞給他。

就這麼短短一瞬間，手機螢幕上顯示的訊息內容閃過我眼底。

『害喜嚴重得睡不著。阿巧今晚有聚餐對吧？不可以喝太多喔。唉唉，我也好想喝酒喔。得忍到生完孩子，餵完母乳才能解除酒禁呢。』

——想起當時的事，我還會全身打冷顫。

那正可說是從天堂掉進地獄的瞬間。

「很厲害耶，那封訊息。只不過是幾行句子，所有該知道的資訊都在裡面了……」

我把自己的事告訴沙月，露出自嘲的笑。

他是已婚人士，太太還正在懷孕。後來才知道，他太太因為害喜嚴重，暫時搬回娘家休養。

我不知道這件事，竟然跑進人家老公家還接了吻，雖說沒有做到最後，但也允許自己跟他肌膚相親了。

那時如果手機沒有震動，我肯定已經和他上床。

「明里姐，要是和他關係愈來愈深，不可自拔愛上他之後才發現事實，妳會怎麼做？」

沙月這麼問，我默不吭聲。

之後我會怎麼做呢？

如果真正愛上他之後才得知他有妻子，儘管陷入絕望，我還是會因為太愛對方而任由關係藕斷絲連嗎？

「不可能。無論多喜歡對方，一旦知道這是婚外情，我絕對無法繼續和對方談戀愛。」

我這麼一說，沙月便露出痛苦的表情。

「因為妳無法接受婚外情，是嗎？」

「不限於婚外情，只要是不忠或不法的事，我都無法接受。」

我說得義正詞嚴，她卻噗哧一笑。

「明里姐，妳真是跟從前一樣，一點也沒變。」

「欸？」

「放學回家那條路上，不是有一條短短的斑馬線嗎？明明不用管號誌燈也不會出問題，大家都闖紅燈了，只有明里姐一個人堅持站在那裡等綠燈。小時候我總覺得妳『真了不起』。」

「小時候這麼覺得，那後來呢？」

「後來覺得，認真雖然是一件好事，但也太死腦筋了吧。」

「常有人這麼說。」

就在我「哼」地發出自我嘲弄的笑聲時——

「這是因為，明里小姐的第一宮裡有土星進駐的關係喔。基本上，妳是個嚴以律己的人。」

一個男人的聲音這麼說。

轉過頭一看，是隻手持托盤的賓士貓。

托盤上有兩個杯子和一只銀製紅茶壺。

「土星進駐第一宮？」我和沙月異口同聲。

「對。」賓士貓點點頭，把杯子放在我和沙月面前，注入紅茶。

「現在『讀星人』——我們店長不在，我只能簡單說明……」

說著，賓士貓從圍裙口袋裡掏出一個乍看之下很像懷錶的東西，喀嚓一聲按下龍頭。

錶面忽地發光，下個瞬間，滿月旁映出大大的土星。

「哇——」我和沙月都張大了嘴巴。

雖說以前在學校用天文望遠鏡觀察過，但這還是第一次看到這麼大的土星。

大大的土星環圍繞著呈現橫紋的星體，看上去非常美麗。

一旁的沙月也發出「好美」的讚嘆，陶醉地瞇起了眼睛。

「土星雖然美，但也是很嚴格的星星喔。」

說這句話的是手持托盤，嘻嘻竊笑的波斯貓。

嚴格的星星？我和沙月都一頭霧水，疑惑地歪著頭。

「小維，跟妳講過很多次了，我很遺憾又聽到妳說出『嚴格』這種批評。」

不知為何，賓士貓雙臂環抱在胸前，露出不服氣的表情。

波斯貓則露出若有深意的目光。

「可是，明明就是這樣啊。在西洋占星術裡，土星本來就是司掌『考驗』的星星。」

「不是『考驗』，是『課題』。」

賓士貓立刻加以反駁，波斯貓無奈聳肩。

「在人的一生之中，土星這顆星星就像是『教官』喔。」

「……這我倒是不否認。」

「哎呀，這樣講又可以了喔？」

我和沙月愣愣地看著兩隻貓一搭一唱。

「啊、抱歉。就占星術而言，土星進駐哪個房間，就代表那個人的人生會出現什麼樣的考驗……」波斯貓說到這裡，賓士貓瞪了她一眼，她趕緊改口：

「什麼樣的課題。」

即使改說「人生中面對的課題」，我還是有聽沒有懂。

追根究底，「房間」又是什麼意思？

「關於房間，只要看看這個，妳們應該就會明白了。」

波斯貓把賓士貓手中的懷錶拿過來，轉動龍頭，再喀嚓一聲按下。

剛才的土星畫面消失，取而代之的是一幅很像時鐘的圖像。

這應該叫做「星盤」吧。一個圓形分成了十二等分。

面向圓形看過去，最左端寫著1，圓形的十二等分，分別按照逆時針方向標上1到12的數字。

賓士貓看著懷錶，表情嚴肅。

「『自我』、『金錢』、『知識』……相當籠統的說明。就算是省略過的寫法，尤其是像第三宮，除了『知識』之外什麼都沒寫，其實這一宮顯示的也包括手足關係與溝通等能力在內吧。」

「是啊，其實還有其他各種更深入的含意，我只是姑且想整理得比較清楚

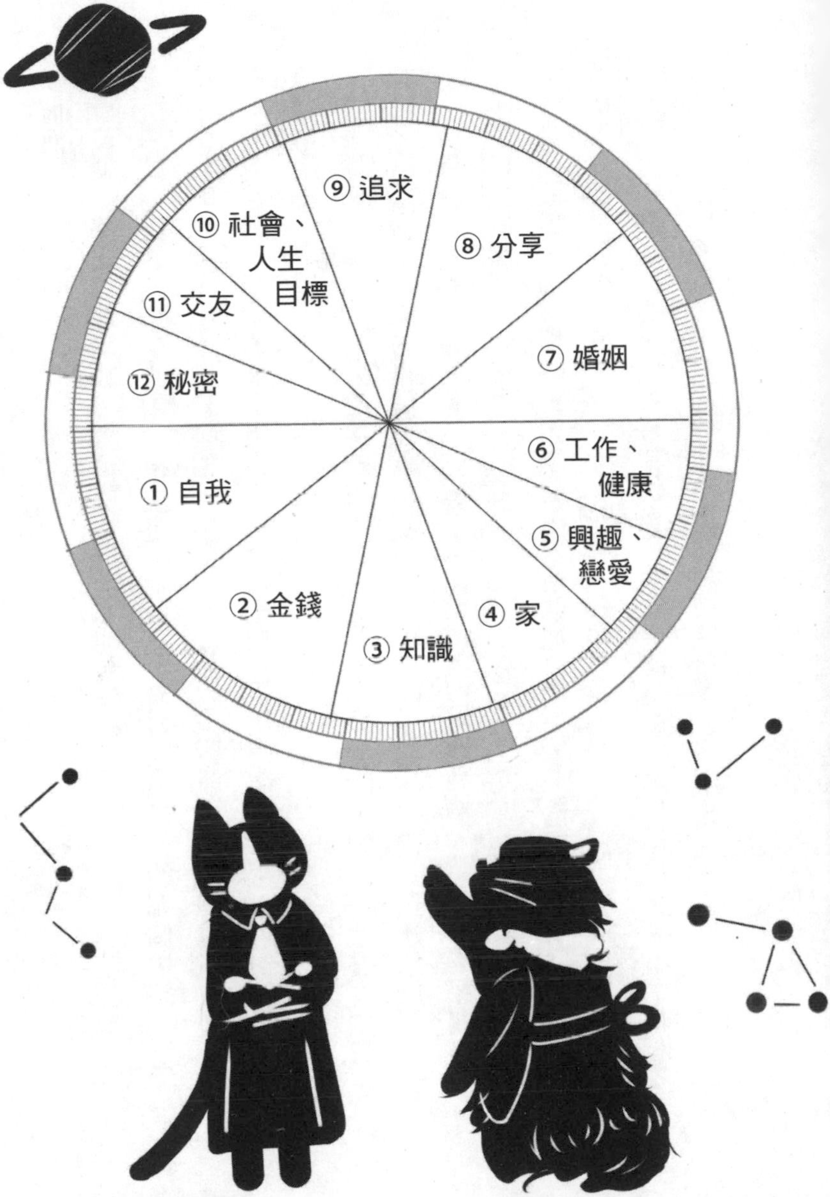

⑨ 追求
⑩ 社會、人生目標
⑧ 分享
⑪ 交友
⑦ 婚姻
⑫ 秘密
⑥ 工作、健康
① 自我
⑤ 興趣、戀愛
② 金錢
④ 家
③ 知識

易懂而已。」

波斯貓不服氣地反駁了賓士貓的指責，朝我們轉身。

「號碼指的就是房間——也就是『宮位』。看自己星盤上的哪個房間（宮位）位於哪個星座，或是有哪顆行星落入，就能看出自己擅長什麼或不擅長什麼、容易被哪種類型的對象吸引，甚至看出自己人生中的考驗……也可以說是課題啦。」

「即使同為顯示自我的第一宮，也會因為星座配置的不同改變性質。比方說第一宮落入山羊座的人個性急躁，落入金牛座的人個性悠哉，正好相反。」

沙月看起來完全聽不懂，我過去曾對占星術感興趣過，讀了幾本相關書籍，所以大概掌握得到意思。

之前閱讀相關書籍時，因為看不太懂就把書闔上了，現在的說明倒比書裡的內容更容易理解一些。

編號一到十二的房間各有其代表意義，根據每個人出生年月日、出生時間與出生場所的不同，房間裡的星座配置和進駐行星也各不相同。

——換句話說——

「看剛才提到的『土星』進駐哪間房間，就能知道這個人的人生中會遇到什麼樣的考驗？」

我忍不住這麼自言自語，波斯貓聽了立刻擊掌說「對」，賓士貓則不滿意地說「是課題」。

「舉例來說，假若土星落入顯示婚姻的第七宮，就表示這個人有與『婚姻』相關的課題需要克服。例如為遲遲無法結婚而苦惱，或是曾經有過一次失敗的婚姻，又或者遇到個性嚴格的結婚對象，婚姻生活經營得很辛苦等等。這樣的人總會苦惱於『為什麼朋友都順利結婚，過著幸福的生活，我的婚姻路卻走得如此跌跌撞撞？』原因無他，就因為『土星落入第七宮』，所以這也是無可奈何的事。」

波斯貓呵呵竊笑，說得一副樂在其中的樣子，我和沙月卻是聽得臉頰都不由自主抽動起來。

的確，結婚這種事，每個人的差異非常明顯。

有人自然而然就與命中注定的對象相遇，在雙方父母祝福下順利結婚，也有人費盡千辛萬苦才遇到真命天子或天女，即使發展為男女朋友的關係，依然遲遲無法朝結婚之路邁進，好不容易對方下定決心走入婚姻了，又遭到父母反對，挫折不斷。

此外，也有看似別人眼中理想情侶，順理成章結婚的人，結婚後關係丕變，最後還是分手。或是像剛才波斯貓說的，有人因為配偶要求嚴格，無法不在意對方的想法，只能過著畏畏縮縮的婚姻生活。

「說不定我的土星也落在顯示婚姻的房間裡？」

沙月一臉認真詢問。

賓士貓和波斯貓同時搖頭：「不是喔。」

「沙月小姐的土星落在第六宮，也就是顯示『工作、健康』的房間。」

夜空中的星盤上，編號6的房間瞬間發光。

「土星落入這一宮的人，多半從事辛苦的工作。可是，也都能秉持不屈不撓的耐性克服困難，很清楚自己身為專業人士的專長是什麼。例如小時候體型豐腴的沙月小姐，能打造出現在這樣的身材並維持不變，靠的不只是對演藝圈的『嚮往』，也因為妳能意識到『這就是工作！』所以才能辦到。因為土星是掌管『課題』的行星，只要好好努力，就能獲得很大的回報，只是……」

只是什麼？沙月急切地向前探身。

「行星之中，掌管『戀愛』、『美感』或『嗜好、娛樂』的是『金星』。」

說著，波斯貓把手放在自己胸口，又繼續接著說：

「以沙月小姐的狀況而言，妳的金星落在顯示『秘密』的第十二宮。」

此時，編號12的房間瞬間發光。

「金星落在顯示『秘密』的房間裡，這樣的人多半具有被『秘密戀情』吸引的傾向，經常受到這方面的誘惑。這種時候，也很容易管不住自己，一頭栽進去。從星星的角度來看，沙月小姐的狀況——尤其妳的『土星』又落在象徵工作的宮位上，受到的考驗自然特別嚴苛。啊、請容我在這裡故意不講『課題』，還是必須用『考驗』這個詞彙。」

賓士貓露出「無可奈何」的表情點頭。

沙月似乎受到很大的震撼，看著兩隻貓說：

「是啊……我明明不想談不倫戀，偏偏有很多已婚的人追求我。已婚人士做什麼都游刃有餘，那種成熟穩重的魅力，在單身男子身上往往感覺不到。」

「……已婚人士的魅力來自配偶的支持啊。正因為有配偶的支持，他們才能擁有品味良好的服裝、清潔感和從容大器的內心。說他們擁有單身男子沒有的魅力，這也是理所當然的吧。」

賓士貓冷冷地說，沙月啞口無言。

散發魅力的已婚人士，一旦離婚變成單身者，那種魅力瞬間就消失了。這種事很常見。

「……說的也是，他那閃閃發光的魅力是太太一手磨練出來的，我竟然想橫刀奪愛。」

沙月發出苦澀的低喃，咬緊下唇。

一時之間，我們都不知道該說什麼，陷入沉默。

難以承受這沉重的沉默，我忍不住開口：

「但也不能說，所有金星進入第十二宮的人都會搞婚外情吧？」
當然嘍。波斯貓點頭。
「因為金星落在顯示『秘密』的位置，所以有可能導致『不倫』。但是，不只這一種情況，『秘密』指的也可能是『在公司裡偷偷談著不為人知的秘密戀情』，或是『暗戀老師』，甚至也有人可能只是受到這類內容的表演吸引，自己的人生和秘密戀情一點關係都沒有。」
原來是這樣啊。我點點頭。
「如果曾經犯過一次這種錯誤的人洗心革面，之後還能在眾人祝福下談一場幸福的戀愛嗎？」
我接著這麼問，賓士貓頷首說：「關於這個嘛……」
「這個世界成立於鏡像法則，只要注意這點，應該就沒問題了。」
「鏡像法則？」
我和沙月同時反問，波斯貓一邊說「就是啊……」，一邊讓我們看懷錶蓋子的內側。

「星星們並非隨時隨地都在監視不忠不義，給予懲罰。反而應該說，從星星們的角度來看，本來就沒有所謂善惡。」

咦？我不解地皺起眉頭。

「不分善惡？怎麼這樣——」

看到我受打擊的模樣，賓士貓舉起手打斷我：「取而代之的是……」

「這個世界上，有著『自己做的事，總有一天會回到自己身上』的鏡像法則。要是傷害別人，總有一天自己也會受到嚴重的報應。同樣是婚外情，對方家人愈多，造成別人愈多不幸的人，回到自己身上的報應也愈重。」

聽著這番話，沙月神情痛苦，雙手環抱自己身體：

「……這麼說來，我遭到世間公審撻伐，也是無可奈何的事了。除了他的太太和孩子，畢竟我還傷害了眾多他的粉絲……」

沙月有氣無力地這麼說，波斯貓輕聲回應：「是啊。」

「這也是原因之一，更何況，知名度高的人比較容易被宇宙選上喔。」

「被宇宙選上？」

「關於這一點——」這次輪到賓士貓開口。

「無論好壞，知名度高的人往往容易成為宇宙殺雞儆猴的目標，無論是『成功的話，就能過著這麼美好的人生』或『只要做出不公不義之事，就會落得如此下場』，都是宇宙透過知名度高的人，對大眾提出的警示。」

聽著這番話，我覺得很有道理。

公眾人物婚外情、犯法或吸毒的新聞，往往具有匡正群眾觀念的作用。就像是讓人從中學到教訓的錯誤示範，產生「自己絕對不能做出那種事，才不會像那個一人樣成為眾矢之的，失去一切」的想法。

「他說得沒錯，無論好壞，『知名度高的人』往往容易成為殺雞儆猴的存在。沙月小姐今後如果還想在演藝圈工作，就必須做好心理準備，因為一旦又出了什麼事，妳還是得接受公審。」

面對波斯貓的溫柔提醒，沙月低垂視線。

「……我還可以繼續演藝圈的工作嗎？」

說這話的聲音微微顫抖。

「這就取決於妳自己了。」

面對看似眼淚隨時可能掉下來的沙月，賓士貓這句話未免太冷淡，波斯貓拍了他一下。

「你真的很嚴格耶。」

「可是，我說的是真話。星星們不會決定妳的未來，只會對妳自己決定的未來做出支持。」

簡直就像現在她面前出現了兩扇門。

一扇是離開演藝圈，朝另一條路前進。

另外一扇，是繼續走女演員這條路。

這兩條路絕對都不好走。

唯一可以確定的是，繼續留在演藝圈的這條路，對她來說佈滿了荊棘。

她自己也很清楚這一點。

「我——今後還想繼續女演員的工作。」

沙月握緊拳頭，抬起臉。

「現在或許所有的人都討厭我，或許全世界都在對我丟石頭。即使如此，我還是想堅持做一個女演員。」

賓士貓對斬釘截鐵做出這番宣言的她點頭說「嗯」。

「既然已經決定了，拚了命也要繼續前進。」

波斯貓剛才說「土星」像「教官」，賓士貓正是那個「教官」。

雖然我有問題想問這樣的賓士貓，但他實在給人難以親近的感覺，只好改問波斯貓：

「從占星術的角度來說，面臨沙月小姐這種考驗時，該怎麼做才好呢？」

「不限於占星術，停在原地無法前進時，首先最重要的就是認識自己。妳想想看，要是迷了路，站在原地躊躇時，不也會先確認地圖嗎？」

波斯貓舉起一根短短的手指說：

「以沙月小姐的情形來說，就是要先有『自己比其他人更容易受秘密戀情誘惑』的自我認識。知道一旦跟著誘惑走，自己肯定會失去工作。她必須有兩者密不可分的覺悟。此外，她也必須要知道，既然自己已經是知名人士，就特別容易成為殺雞儆猴的存在。知道了這些，也就能做好種種心理準備。」

好有道理，或許她說的真的沒錯。

「沙月小姐。」

波斯貓喊著她，把手輕輕放在沙月的肩膀上。

「正如剛才提到的，『土星』是會帶來考驗，非常嚴厲的星座。不過，考驗並不是用來阻擋妳的牆，而是門扉。」

聽到波斯貓這麼說，賓士貓用力點頭，沙月疑惑地眨著眼睛。

「門扉……？」

「沒錯。只要克服考驗，就能打開新的一扇門，看見美好的景色。其實啊，『土星』儘管嚴厲，只要是肯努力的人，他還是願意給予獎勵，可說是一位傲嬌教官喔。」

波斯貓呵呵偷笑，賓士貓咳了幾聲，像是想打斷波斯貓說的話。接著，他看著沙月說：

「沙月同學，妳選擇的絕對不是一條輕鬆的路。社會對妳的制裁想必也還會持續一陣子，或許還需要一點時間。這是一場很嚴苛的考驗，只是，如果妳今後仍想繼續從事女演員的工作，就要對這一切做好心理準備，拚命努力才行。」

聽了賓士貓的話。

「——是。」

沙月以堅定的口吻這麼回答，低下頭。

她的眼神，和剛才已經不一樣了。

賓士貓果然很像土星。若真是如此，那波斯貓就是金星嘍？

正當我這麼想的時候——

「至於明里小姐呢……」

聽波斯貓提到我的名字，身體不由得為之一顫。

「是、是！」

我不由自主抬頭挺胸。

「剛才，薩圖恩努斯也說了，土星落在顯示妳『自我』的第一宮。這樣的人通常老實認真又努力，最重要的是，你們對自己比誰都更嚴格。明明也沒人責怪妳，妳卻永遠都在責怪自己。有時不覺得快窒息了嗎？」

被她這麼一說，我覺得喉嚨深處像被掐住，呼吸不過來。

「唔姆。」賓士貓沉吟著，雙手環抱在胸前。

「明里小姐第一宮的星座是獅子座。獅子座也是華麗、氣派的象徵，所以妳有偏好光鮮亮麗事物的傾向，這就是妳選擇媒體工作的原因之一。」

原來如此。聽了波斯貓的說明，賓士貓頻頻點頭，似乎自己明白了什麼。

「我們『滿月咖啡店』為這樣的妳們準備了特別的甜點，首先，從沙月小姐開始。」

這麼說著，端出來的是玻璃杯狀的容器。

接著，波斯貓拿出保冰袋，從中取出兩球色澤偏黃的冰淇淋，盛在玻璃杯裡。

冰淇淋上好像撒有金粉，閃著亮晶晶的光芒。

簡直就像閃爍的星光。

「這是有著頂級香甜口味，本店自豪的『金星冰淇淋』。」

波斯貓這麼介紹後，輪到賓士貓拿著玻璃咖啡壺出來。

「給沙月小姐的冰淇淋，還要淋上本店自豪的『月光咖啡』，這道甜點名為『行星冰淇淋阿法奇朵』。」

說著，賓士貓朝玻璃杯中的黃色冰淇淋注入咖啡。

濃稠的冰淇淋融化的樣子，看上去非常美味。

兩隻貓說「請享用」，將杯子遞給沙月。沙月點點頭，說聲「我開動了」，吃一口阿法奇朵。

低聲讚嘆——好好吃。

「冰淇淋濃郁香甜，配上微苦的咖啡真是滋味絕妙。」

我在想，這道「行星冰淇淋阿法奇朵」，或許正是雙貓想傳遞的訊息。

不能只受甜美的事物誘惑，還要記取這次苦澀的教訓。

「接著，這是給明里小姐的。」

聽見波斯貓這麼說，我轉過頭。

只見白色盤子上，放著以冰淇淋點綴的巧克力蛋糕。
「這道叫做『滿月冰淇淋爆漿巧克力蛋糕』，要淋上香濃的巧克力醬來吃。」
說著，波斯貓為我淋上巧克力醬。
光看就知道這道甜點一定很好吃。
波斯貓和賓士貓微笑著說「請用」。
我也說聲「我要享用了」，低下頭，忙不迭地拿起湯匙。
湯匙一插入蛋糕，裡面就流出濃厚的巧克力。
還沒開始吃，喉嚨已經先發出吞口水的聲音。
輕輕舀起一口，送入口中。
蛋糕的口味比我想像的更成熟，冰淇淋的冰涼與巧克力醬濃郁的香甜堪稱絕配，我忍不住眼角下垂，滿足地笑了。
「好好吃，非常好吃。」
實在太好吃了，情不自禁一再讚美。

仔細想想，我從什麼時候之後就沒像這樣享受甜點了？

看到這樣的我，賓士貓呵呵一笑：

「滿月也具備『解放』的力量喔。」

「『解放』？」

「明里小姐，妳總是想做正確的事，我認為這樣的妳很優秀。只是，並非所有的事都能這麼做，有時放過自己也很重要。」

賓士貓以溫柔的語氣這麼說。

這番話深深刺痛我的心。

為了自己差點和已婚男性發生關係的事，我始終責備著自己。

好友說過「妳被蒙在鼓裡啊，這也是沒辦法的事，不是明里的錯」。

但是，我明明察覺他可能有其他女人，卻沒有好好確認，這不是一句「不知情」就能帶過的問題吧？我在心裡這麼嚴厲地責罵自己。

都已經是半年前的事了……

而且，還不只這次這件事。

從小，我就無法允許自己做錯事或失敗。

「難得看到薩薩這麼溫柔呢。」

波斯貓「呵呵」一笑，賓士貓皺起眉頭說：「什麼薩薩啊……」

無視一臉不情願的賓士貓，波斯貓重新轉向我。

「對，他說得沒錯。好好放過自己也很重要喔。明里小姐對自己太嚴厲了，有時甚至把同樣的標準強套在別人身上吧？我覺得這就有點不太對了。」

這句話同樣戳痛我的心。

為什麼老是有人說我「嚴以律己嚴以待人」，原因就像波斯貓說的。此外，自己辦不到的事，如果看到別人輕而易舉達成，我也會很火大。

其實那只是因為，我羨慕別人羨慕得不得了……

「如果想擁有寬容的心，好好縱容自己也是很重要的事。還有，妳被自己規定的『常理』纏住，動彈不得，卻忽視內心真正的聲音，這樣也很不好喔。要好好解放自己，承認自己才行。」

放過自己，縱容自己也很重要。這個意思我明白。

說到底，我就是太過忍耐，有時超過忍耐的極限就爆炸了。

爆炸之後，我又會陷入不斷反省自己的負面迴圈。

與其如此，倒不如保持一顆能縱容自己，認同別人的心，這樣還比較健康。

可是，她說的另一點，我卻不太懂。

要解放什麼，承認什麼呢？

見我疑惑皺眉，波斯貓托起下巴說「真是的」。

「明里小姐，妳現在正在戀愛吧？」

我睜大雙眼，「咦」了一聲。

「戀、戀愛？不、他的事情我早就拋到腦後了。」

得知他有太太的瞬間，包括他隱瞞這件事在內，一切都讓我幻滅，事到如今，對那個人是一絲愛意都沒有了。

「不是說那個人，不對啦。妳以為逃得過我這雙眼睛嗎？」

波斯貓金色的眼瞳直勾勾地盯著我。

感覺那雙眼睛能看透內心，我無法直視，逃避她的視線。

「因為明里小姐戀上的人，和妳心目中的『常理』有點不同，所以妳不願意承認。」

下意識地，我的肩膀顫抖。

波斯貓繼續說：

「妳的土星造成妳希望自己的戀愛對象是『人人稱羨的精英』，但是，現在妳喜歡的人卻完全不符合這個條件。所以，妳才騙自己沒有這回事，想矇混過去。這種事不好好承認可是不行的喔。」

波斯貓說得頭頭是道，我腦中浮現一個男人的身影。

那就是，總親暱喊我「明里」，臉上掛著親和笑容的次郎哥——

「不、可是，那個人他——」

我原本想說「那個人那麼女性化，不可能的吧」，察覺波斯貓斜睨了我一眼，趕緊閉上嘴巴。

沒錯，他吸引我的地方是對工作的態度、人見人愛的性格，以及犀利的洞察能力。

可是，我卻一直用「那個人那麼女性化，不可能成為戀愛對象」來掩飾自己的心情。曾幾何時，只要看到次郎哥，我就感到坐立不安……

「明知對方對我不會產生男女之情也一樣嗎？」

他一定不會將女人視為戀愛對象吧。

所以，我一直認為，喜歡上他也沒用。

波斯貓用力點頭。

「剛才說過，迷路時要先停下來確認地圖。要是不先認識自己、認同自己，妳會連一步都跨不出去。」

這樣啊……

在討論他是否會把我當作戀愛對象之前，我必須先認清、認同自己的心意才行。

我喜歡他——

承認這點那一瞬間，胸口一陣激動。

眼淚自然滲出。

沿著臉頰滑落的淚水滾燙。

這淚水，為的不只是這次的事，也為至今累積的一切而落。

至今為止的人生中，我對自己太嚴厲，也太壓抑了。

其實我也想跟朋友們一樣，放學後買東西邊走邊吃回家，想利用暑假期間染頭髮，也想打耳洞。可是，過去的我卻用一句「那是不好的事」禁止自己對那些事物感興趣，關起心門把一切阻絕在外，指責做那些事的人。

也曾受到有點壞壞的男生吸引，我卻扼殺這份心意，偽裝自己喜歡的是老實認真的男生。

沒錯，我想成為人人口中「規規矩矩」的人，選擇的對象也盡是被稱讚「規規矩矩」的人。

不只談戀愛時這樣，我對一切都是如此，以正確正直的事物為優先，自己的心情永遠擺在其次。

現在，我終於能老實承認自己的心意了。

流個不停的眼淚，其實是因為內心的自己為自己感到開心。

「明里小姐，過去那個正直的妳當然很優秀。只是，妳至今的人生就像一個只有黑白兩色的陀螺。其實，陀螺順利轉動的話，就會呈現美麗的色彩，只要一切取得平衡就好。」

賓士貓這麼說，波斯貓也附和點頭。

「就像洗衣機，如果衣服都擠在洗衣槽的同一邊，洗衣機就無法順利運轉了。」

「小維，妳這比喻真不怎樣。」

「欸？我覺得很好懂啊！」

看著雙貓鬥嘴，我們呵呵笑起來。

那麼，請慢用。

說著，雙貓退回店內。

我們點點頭，繼續把甜點送入口中。

好吃得忍不住嘴角上揚。

頂級甜點令身心都為之滿足。

吃完後，我「呼」地嘆口氣。

不經意投以一瞥，沙月也露出心滿意足，同時帶有一種豁然開朗的微笑，仰望著星空。

想必我臉上也帶著相同表情。

能夠認識自己，認同自己，還受到美味甜點的療癒，以前感覺如鯁在喉，放在心上沉甸甸的某些東西，現在全都消失了。

對雙貓只有說不盡的感激。

「謝謝你們。」

回頭一看，「滿月咖啡店」已經不見了。

「——咦？」

我們愣愣地睜大眼睛。

剛才明明還坐在店家擺出的椅子上，現在坐的卻是京都御苑裡的長椅。

「怎麼回事？」

以整人節目來說，未免太寫實了。

這時，坐在身旁的沙月吃吃笑了起來。

「說不定是狸貓變的喔。」

「咦？狸貓？妳的意思是，那兩隻貓不是貓，是狸貓？」

腦中閃過板著一張臉的賓士貓。

「……」

我們面面相覷，噗哧一笑。

「經紀人打了好多通電話給我。」

沙月拿起手機確認，苦笑著說。

「不然沙月，我們回去吧？」

我站起來，沙月也回以「說的也是」，跟著起身。

「明里姐，我想寫信跟他的太太小孩道歉。」

沙月邊走邊這麼說。

「我明明是因為父親外遇而過得不幸福的小孩，自己卻做出一樣的事。這真的太糟糕了。我不認為對方會原諒我，即使如此，還是想道歉。」

我什麼都沒說，只是點點頭。

「還有，我也想舉行記者會。現在我知道，世人之所以生氣，是因為我鬧出的事傷害了很多人。所以，眼前的每一個人都是被我傷害的人，我會抱著這種想法賠罪道歉。或許暫時接不到新工作，但是，如果還有人願意給我工作，我拚了命也會把工作做好。」

她的眼神透露堅定決心。「嗯。」我點點頭。

「請加油，我支持妳。」

「哇，感覺好可靠喔。」

「這點支持也能讓妳感到可靠，是我的榮幸。」

「我也會為明里姐加油的喔，妳喜歡的人是誰呀？」

她好奇追究，害我不小心嗆到。

「這個嘛，現在還不能說。」

「真可惜。」沙月聳聳肩。

「只好放棄問妳喜歡的人是誰了……不過，有件事想拜託明里姐。」

什麼事呢？

想請我找認識的製作人幫忙說情嗎？

雖然我這麼想，她說出的卻是出乎意料的話。

「下次，可以再請妳陪我一起吃美味甜點嗎？」

她顯得有點難為情，我不禁笑了。

同時，剛才吃到的絕品甜點美味，好像又在口中復甦。

「這是一定要的啊。」

我用力點頭，沙月露出開心的微笑。

在這個不可思議的月圓之夜，我們認識了自己，終於能夠邁步往前走。

第三章　水星逆行的重逢

前篇　水星冰淇淋汽水

1

啊、又來了。

坐在電腦前嘖了一聲，抓了抓頭。

「怎麼了，水本？」

大學時代的朋友，也是創業夥伴的安田雄一從背後探頭窺看電腦螢幕。

「部分檔案數據損壞。」

水本隆大嘆了一口氣，身體往後靠上椅背。

「欸？沒問題嗎？」

看到他臉色大變，水本苦笑著說：

「當然有先備份啊，是不會出太大問題啦，只是……」

「幹嘛，別嚇我。」

「沒問題是沒問題……」

復原檔案還是很麻煩啊。

不過，這話不用說出口，搭檔自然也明白。

水本什麼都沒說，喝口咖啡。

這裡是大阪梅田車站附近，某棟商業辦公大樓中的一間公司。

一說起公司開在梅田，或許大家都會以為是大公司，其實辦公室只有十坪左右，員工也只有水本隆和安田雄一這兩位共同經營者。兩人經營的，是一間小型資訊公司。

公司名稱取水本和安田姓氏羅馬拼音的第一個字母，叫做「MY SYSTEM」。從字面上看來「MY」像是一個字，其實「M」和「Y」要分開來讀。

「資訊公司的經營者，好厲害喔。不過，你們公司主要是做什麼的啊？」

喝酒聚餐時，席間必定會有女孩子這麼問。前幾天遇到以前認識的女生時，對方也問了一樣的問題。

資訊公司給人的印象不差，只是到現在仍有一定數量的人搞不清楚資訊公司到底在做什麼。

基本上，水本是伺服器維修工程師，為企業網站提供伺服器的架設、規劃、運用和維修等服務。

搭檔安田則負責創意設計，例如為企業設計網站，最近也經手社群網路遊戲。

水本和安田在大學時代就認識，安田一句「要創業就要趁人生中還能冒險的學生時期去做」打動了他，決定兩人一起開公司。

反正彼此都還是學生，失敗也不算什麼。

或許是這份蠻勁奏效，公司順利上了軌道，現在已經擁有不錯的年收入。

一開始還只是在家工作，後來除了稅金高得嚇人外，也漸漸無法區分工作時間與私人時間，兩人便在梅田租下辦公室。

辦公室絕對稱不上寬敞，但畢竟只有兩個人，這樣的空間也夠大了。

「啊、可惡，有一部分得重打了。」

「請節哀。」

安田故意雙手合十，打趣地說著幸災樂禍的風涼話。

個性開朗又有點搞笑的安田，從大學到現在給人的印象都不變。

事實上，大學畢業五年後的現在，他還常被錯認成大學生。

話雖如此，資訊業散發像他這種氛圍的人確實比較多。

至於水本則和安田相反，屬於成熟穩重那一型，甚至從學生時代就被錯認為上班族過。

創業之後，經常需要和各式各樣的公司開會。

若派外表年輕又輕浮的安田出馬，客戶總是比較不安，換成水本，對方多半就放心了。

兩人或許是一對互補得很好的夥伴，水本這麼想。

這時，安田手扠在腰上說：「話說回來……」

「做我們這種工作，檔案出問題是難免的事，可是水本你遇上這種事的次數好像特別多？」

「就是說啊。」水本邊嘆氣邊回應。

他對此也有所自覺，自己遇上這種問題的機率硬是比別人高。

不只如此，也不知為何，只要一出現問題，類似狀況的麻煩也會接連不斷。

例如，電腦出一次差錯，除了檔案毀損之外，連平常正常收發信的信箱也會出毛病，不是把重要的郵件分類到垃圾信件匣，就是遇到電車、飛機誤點的狀況。

一想到這裡，忽然擔心起「信箱該不會又把重要郵件分進垃圾信件匣了吧？」手朝滑鼠伸去。

打開電子郵件信箱確認。

「啊、果然……」

水本拍了拍額頭。

「怎麼了？」

「認識的人寄來的信被丟進垃圾信件匣了啦。」

「工作上認識的人嗎？」

「不是，也稱不上朋友，就是同個小學的……」

說著，水本也知道自己語尾愈來愈小聲。

這麼一來，安田眼神發光，轉過頭來問：

「難道是那個在梅田知名美容院工作的女生？」

「欸、我跟你說過啊？」

問完這句話就想起來了。

遇到她那天的事。

水本帶著平時難得的雀躍心情，一回辦公室就跟安田說了。

——那應該是差不多兩個月前的事吧。

午休時間出去買麵包，碰巧在同一間店裡購物的女生上前對水本說：

「你是水本同學吧？家裡開工程行的那個……」

那是一個笑容令人印象深刻，頗有好感的女生。

可是，實在不知道她是誰，水本不由得疑惑地皺起眉頭。

「咦、我認錯人了嗎？不好意思。」

她這麼一說，水本立刻大聲回「不是的」。

「我是水本沒錯，老家也確實開工程行……可是，妳是哪位……？」

聽到他如此反問，女生睜大那雙稱不上大但圓滾滾的眼睛。

之後，噗哧一笑。

「說的也是，你怎麼會記得呢。我叫早川惠美。」

聽了名字還是毫無頭緒。

一問之下才知道，兩人曾經就讀同一所小學。

原本從外表判斷她跟自己差不多大，沒想到大了三屆。

彼此的共通點，只有上學與放學時隸屬同一個路隊，水本不記得她也不足為奇。

倒不如說，她竟然記得自己，這更令水本感到意外。

「我當然記得水本同學啊。當時的事，我留下很深刻的印象……那時真的多謝你了，水本同學。」

看到她的微笑，水本也沒轍了，只能不置可否地點點頭。

雖然還記得她口中的「當時的事」，但那件事還不到需要道謝的程度吧。

後來，她說自己在附近美容院工作，就先離開麵包店了。

那間美容院位在水本常經過的馬路旁，因此，後來又看到她好幾次。

要是隔著玻璃看見水本，她就會從裡面笑著揮手。

水本按捺羞赧，盡可能裝作面無表情，光是點頭回應就費了他全身力氣。

那間美容院好像也有男性客人上門，最近找個時間去剪頭髮吧。

雖然這麼想，卻有好一陣子沒在店裡看見她了。

或許只是因為排班的關係，剛好沒看到而已。不過，也有可能是生病了，水本內心偷偷擔心著。

就在這時，公司信箱收到她寄來的信。

因為被丟進垃圾信件匣沒發現，寄件日期已經是兩天前了。

「致MY SYSTEM 水本先生。好久不見，我是和你讀同一所小學的早川惠美。因為不知道你的聯絡方式，只好寫信到你的公司信箱。」

開頭是這麼寫的。

沒錯，彼此並未交換聯絡方式。

她似乎是用上次從水本那裡聽來的公司名稱，上網找到網站和信箱。

「前幾天，因為私人因素，我辭去梅田的美容院工作，現在暫時在父母經營的理髮店幫忙。之所以說暫時，是因為我已經找到自己想做的事。因此，我想製作個人網站，不知能否聽聽你的意見？」

讀著信件，水本心跳加速。

「那位美容師小姐怎麼說呀？」

背後傳來安田的聲音，水本肩膀微微一震。

在公司裡，網頁製作不是水本的工作，是由安田負責的項目。

不過，如果只是個人網站，水本自己也做得出來。這麼想著，視線回到螢幕上。

「她好像辭去梅田的美容院工作了，是寫信來告知這件事的。」

只說了這句，安田像失去興趣，回了聲「喔」就轉身面對自己的辦公桌了。

水本這才鬆一口氣，開始打回信。「我隨時都沒問題，請妳指定場所，我再過去拜訪。」

讀了幾次自己信裡寫的客套文章後，寄出郵件。這時——

「欸欸欸欸！」

安田發出奇怪的叫聲。

「怎麼了？」

水本皺眉抬頭。

安田激動地探身向前說：「不是啦，你聽我說。」

「現在我們不是在做一個手機遊戲嗎？」

說著，安田舉起智慧型手機。

螢幕顯示一個最近流行的手機遊戲，特徵是有很多俊美的男性插畫角色。

安田經手的這款，是女性向的社群網路遊戲。

說是經手，安田其實只負責系統設計與規劃，劇情內容則另外發包出去。

「最近某個配角路線的劇情在網路上大獲好評。」

喔喔。水本做出應和。

這件事他也有聽說。

這種戀愛遊戲，玩家必須先選擇自己想攻略的對象。攻略的角色難度愈高，從中獲得的成就感也愈大。

然而，有些玩家攻不下難度高的角色，有時也會選擇轉而與配角結合。

這次，某個配角路線的劇情大受玩家好評。

那位配角，長相不比其他男角顯眼，沒有比較帥氣，也不特別有錢。不只如此，選擇這個配角後展開的路線，沒有太重口味的戀愛情節。

但是，這個配角會盡他所能精心對待女主角，最後還說「對我而言，妳就是我的公主，只要和妳在一起，我覺得自己彷彿成為王子。謝謝妳給了我如此美好的時光」，像個貴公子一般執起女主角的手，在手背上輕輕一吻，劇情到此結束。

無論故事情節或配角努力奮鬥的模樣，都讓玩家心動不已，在社群網站上引起話題，還有許多玩家留言表示「想知道兩人的後續發展」、「希望看到兩人更激情的戀愛情節！」甚至有人說「只要能看到他們的後續，要我課金也沒問題」。

「沒記錯的話，負責寫這個配角情節的，是一個叫『SERIKA』的寫手？」

雖說遊戲由安田負責，畢竟是自己公司的出品。

這些資訊水本當然也很清楚。

「對啊，接下來的事情才驚人。我說了你可別嚇到喔？」

安田舉起手。

既然他都說到這個地步了，再怎麼驚人的事也嚇不到自己了吧？水本無奈點頭。

「因為評價實在太好了，我就拜託那個寫手繼續寫下這個配角之後的故事。結果啊，那個寫手非常高興……」

「獲得這麼高的評價，寫手高興也是理所當然的吧？」

水本點頭這麼說。

「結果啊，竟然出了這種報導。」

說著，安田再次朝水本出示手機畫面。

【不屈不撓的模樣令人心動不已，在網路上造成轟動的配角結局。負責情節創作的無名寫手「SERIKA」廬山真面目，原來是芹川瑞希！】

「欸欸！」

水本情不自禁搶走安田手中的手機。

「你還是嚇到了嘛。負責這個配角路線情節的寫手，竟然是過去風靡一時的編劇芹川瑞希，很驚人吧。」

是啊。水本直率點頭，讀起那篇報導。

根據寫這篇報導的記者表示，向目前蔚為話題的手遊劇情寫手「SERIKA」

提出採訪邀請後，她不但答應接受，還表明自己就是「芹川瑞希」。芹川瑞希說，即使只是配角路線的結局，也希望盡可能寫下讓更多人看了開心的情節。這次能引起話題，她非常高興。

「不過，雖然知道你會嚇到，沒想到你驚嚇的程度超乎我的想像啊。好了，手機還我。」

安田笑咪咪地伸出手，水本無言以對，將手機還給他。

驚訝的原因，是因為她是「芹川瑞希」。只是，對其他人來說，就算「SERIKA」的真面目是再大牌的編劇，或許還不至於驚嚇到這種程度。

水本微微聳肩，自己的手機發出收到訊息的聲音。

所有寄到電腦裡的信件都經過設定，會再轉送到手機裡。

拿起手機一看，是早川惠美傳來的信。

「謝謝。那麼，下個星期一我們理髮店休息，你方便到店裡來一趟嗎？」

水本露出微笑，立刻打起回信。

2

「可惡，怎麼又來了。」

這天是和早川惠美約定見面的星期一。

水本又急又氣地搭上電車。

和她約定的時間是傍晚。

出發前打算在家工作一下，水本就用手機設定了鬧鐘，埋頭工作。明明設定了鬧鐘……時間到卻沒有響，就這麼工作過了頭。

發現後急忙準備出門，沒想到又遇上打雷，陷入電車受影響而延誤的事態。

好不容易搭上電車，看起來勉強能準時抵達，水本大喘一口氣，身體靠上椅背。

窗外是一片萬里無雲的藍天，教人難以置信前不久還在打雷。

早川惠美父母經營的理髮店，位於伏見的大手筋商店街中。

水本現在自己住在大阪的淀屋橋，從這邊搭京阪電車，不用轉乘就能抵達離那裡最近的「伏見桃山」站。

話說回來，為什麼鬧鐘沒響呢……

重新檢視手機，發現可能只設定了時間，沒按下確定。但是，實在不敢相信自己會犯下這種失誤。

檔案毀損、電子郵件分類錯誤、電車延誤……

有時，這類問題會突然接連發生。

水本滑著手機，點開自己公司的社群網站。

「芹川瑞希」的話題在網上掀起熱烈討論。

『沒想到那段劇情是芹川老師負責寫的，真是意外驚喜。』

『聽說還會加寫後續劇情，好期待喔。』

『已經做好課金的準備了。』

到處都能看到這種留言。

『過去的收視率推手，現在換個名字寫配角故事，這是人生跌到谷底了吧。』

當然不是完全沒有這種負面意見，但幾近於零。

「先是芹川瑞希，然後又是早川惠美……」

雖然不記得早川惠美，芹川瑞希的事，水本可是記得很清楚。

遇到機械設備出問題時，也經常像這樣遇見令人懷念的人事物。

真是不可思議啊。水本瞇起眼睛。

眼看還差二十分鐘左右就要到站，電車卻停在途中的車站不動了。

『受到剛才打雷的影響，其他班次電車出現電氣線路故障，本列車將在此暫停，等候再次發車。』

聽到車內廣播，水本拍了拍額頭，心想「怎麼又出問題了」。

期待的心情陷入焦躁，拿出手機傳了訊息給她。

告知電車故障延誤的事後，她傳來「收到。請別介意，慢慢來就好」的回覆。

姑且鬆了一口氣，放鬆緊繃的肩膀。
電車似乎還沒有要發動的意思。
那就小睡片刻吧。
一想到今天要去和惠美見面，昨晚緊張得睡不著。
水本盤起雙臂，輕輕閉上眼睛。
原本以為只是小睡一下，沒想到似乎墜入了深眠。
夢中有誰拍著他的肩膀說：「嘿，快到站了喔。」
『下一站是伏見桃山站——』
耳邊傳來車內廣播的聲音，水本猛地睜開眼睛。
電車不知何時發動，還已經快開到自己的目的地。
分不清到底是淺眠還是深眠，總之自己像是作了一個夢。
只記得那是個好夢，夢中的情景卻記不清楚了。

3

抵達伏見桃山站，水本走下電車。

平常不到一小時就到的地方，今天花了一個半小時。

話雖如此，睡醒之後，水本的心情如雨過天晴般清爽。

有人說短暫的小睡有改善情緒的效果，或許真的沒說錯。

因為已經聯絡過早川惠美電車延誤的事，也就不慌不忙地走出車站。

「沒記錯的話，聽說這個商店街的入口滿特殊的。」

一邊自言自語，一邊心想，難得來了就去看看吧，特地繞到與入口拉開一段距離的地方。

大手筋商店街的拱頂前就是鐵路軌道，平交道柵欄擋住了商店街出入口，電車就從那裡駛過。

這番光景有種說不出的奇妙，激起人們未泯的童心。

背對拱頂轉頭一看，前方是御香宮神社聳立的鳥居。

商店街另一側，有著歷史悠久的神社。

「這裡也是個好地方。」

水本的老家，原本在京都市內的町中。

父母以前在那裡經營一間小工程行，現在已經退休，搬到京都市外居住。

雙親還住在京都洛中地區時，包括自己在內，一家人眼中看不到外面的世界。

洛中的居民總說「伏見不算京都」，某部分而言，這也不是在開玩笑。

不過，像這樣退後一步看京都，更能深刻體會洛中與洛外各有獨特文化，也各有其優點。

大手筋商店街入口掛著「OTE OTESUJI」的招牌。

走進拱頂下的商店街，一如想像，散發美好舊日時光風情的店面在眼前展開。

「這條商店街真棒。」

商家充滿熱情活力，逛起來很開心。

以為只會有復古懷舊的喫茶店，沒想到也開了現代風格的時髦咖啡店。還有古早味零食鋪、麵包店、居酒屋、超市、藥妝店……走進這條商店街，大致上想要的東西都買得到。

成排的店鋪之中，出現名為「大光寺」的寺廟入口。

水本不由得拿出手機，查詢「大光寺」。

上面寫著，這裡是供奉阿彌陀如來、藥師如來與日限地藏的寺廟。

這間寺廟與伏見宮家頗有淵源，創建於鎌倉時代，歷史悠久。

商店街中理所當然出現歷史悠久的寺廟或神社，說來也很有京都的風格。

理髮店「AQUA」水藍色的招牌，就掛在這樣的商店街上。

如她之前所說，今天店門口掛著「公休日」的牌子。

帶著一點忐忑的心情，水本敲了敲門。

「啊、請進，直接進來沒關係。」

是早川惠美的聲音。

一邊寒暄，一邊打開店門。

這是一間常見的傳統理髮店。

惠美腰上圍著黑色圍裙，似乎正在工作，臉上展現笑容。

看到她的微笑，水本差點也跟著笑起來，趕緊換回正經的表情。

因為店內的美容椅上有客人。

那是一位年約三十左右的女客，看著鏡子的表情顯得有點緊張。

「水本，請先在等待區的沙發上坐會兒，稍等我一下喔。」

惠美做了個抱歉的手勢，就又站回客人身後。

水本點點頭，在等待區的沙發上坐下來。

只見惠美在客人頭髮上噴了些保溼噴霧，仔細梳開。

再用熟練的手法編起辮子，做出造型。

「好，完成嘍。」

說著，惠美拍拍那位客人的肩膀。

「謝謝妳，小惠……好厲害喔，光是換個髮型，整個人感覺就不一樣了呢。」

這位客人似乎是惠美的朋友。

「當然嘍，每個人都能用『毛髮』變身。」

惠美豎起食指這麼說。

「用『毛髮』變身？」

「無論男女，甚至是動物，只要『毛髮』打理得好，看上去就完全不一樣了。尤其是女人，把『眉毛』、『睫毛』和『頭髮』這三種毛髮整理好就對了。」

說著，惠美拿出一把小扁梳，為她梳理眉毛，再換成睫毛夾，幫她把睫毛夾翹。

一如惠美所言，頭髮、眉毛與睫毛打理過後，那位小姐和一開始看到的模樣簡直判若兩人。

她看著鏡子裡變美的自己，高興地說：

「真是謝謝妳。」

「不會啦，我才要謝謝妳，幫我牽成了一樁好事。」

「關於這個，我才真的是要謝謝妳呀。次郎哥一定會很開心的，因為小惠手藝這麼好呀。」

「能聽到妳這麼說是我的榮幸，請幫我向次郎哥問好。」

「好，我會跟他說。」

「你們等一下要見面吧？看到明里變得這麼美，他說不定會嚇一跳喔。」

惠美一邊為她取下披巾一邊這麼說。只見那位小姐從椅子上下來，有點手足無措地點頭回應「嗯、嗯」。

「那下次見嘍。」

「嗯，下次一起吃個飯吧。」

「一定要的。」

說著，那位小姐走出店外。

惠美笑著送對方離開後，朝水本望過來。

「水本，謝謝你今天特地跑一趟，還讓你久等了，真抱歉。因為聽你說電車延遲，我就順便幫朋友做了頭髮。啊、剛才那位朋友原本只是來跟我說工作的事情而已。」

「不、沒事。我遲到了才是不好意思。」

不會啦。惠美說著搖搖頭。

「水本，你喝咖啡嗎？」

「啊、好的。」

「要冰的還是熱的？」

因為口有點渴，就回答要冰的。為了消除緊張，稍微把領帶拉鬆。

畢竟今天她找自己來還是為了談工作，所以水本穿了正式西裝。

不、這只不過是「藉口」。

只是對自己的品味沒有信心，心想至少穿西裝一定不會出錯。

惠美絕對稱不上「大美女」，真要說起來，也不是自己以往喜歡的類型。

然而，從遇到她那天起，水本就無法不把她放在心上。

為什麼會這樣呢？原因連自己都不清楚。

很快地，惠美端著托盤走到沙發邊。托盤上，放著裝了冰咖啡的玻璃杯。

惠美已經在冰咖啡裡倒了一點牛奶，奶白色在漆黑的咖啡中擴散。

「啊、我加了一點牛奶和糖漿，沒問題吧？還是說你不能喝甜的，那這杯就給我喝。」

「沒問題，雖然喝熱咖啡時我什麼都不加，冰咖啡倒是希望可以加牛奶和糖。」

這麼一回答，她就說著「太好了」，把玻璃杯放在桌上。

「這是『加入朝陽糖漿的冰咖啡』。」

「咦？」

水本疑惑地眨了眨眼，她露出促狹的笑容。

「前不久啊，我作了個不可思議的夢，夢裡喝到的冰咖啡實在太好喝，忍不住想自己重現夢中咖啡的口味，只是很難……」

聽到這句話的瞬間，水本口中出現冰淇淋汽水的味道。

看到水本什麼話都說不出的模樣，惠美笑著說「抱歉抱歉」。

「竟然連夢中喝到的咖啡口味都記得，說來也很奇怪喔？」

她接著這麼說，水本搖搖頭。

「其實我也在來這裡的電車中打盹睡著，作了個夢。已經忘了詳細內容，只記得好像有人端飲料給我……這麼說來，我才想到，當時夢裡喝到的飲料也很好喝。」

「是喔。」她在與水本呈九十度角的位置坐下，微微向前探身，像是對水本的夢境感到興趣。

「什麼樣的夢啊？」

水本心頭一驚，身體微微後仰。

「就是想不太起來……」

是什麼樣的夢啊……？

4

——對了。

夢中的我也搭在電車上。

不知何處傳來貝多芬的《田園交響曲》。

電車彷彿配合這樂曲一般，正奔馳於一處田園間。

「咦？為什麼電車會行駛在田園之間呢？」

心中雖然浮現這疑問，腦袋卻恍恍惚惚地不太能思考。

就像籠罩在明亮的光線下，周遭卻瀰漫一片濃霧。

對了，因為我是在作夢嘛。

搖晃的電車就像搖籃一樣舒服。

朦朧之中，我還是知道自己在作夢。

電車持續跑在綠意盎然的田園間，最後停在田園的正中央。

車廂裡的人紛紛開心地下了車。

我也悠哉起身，走出車廂。

一望無際的田園另一頭，看得見山的影子。

恍惚的腦袋想著，好像在哪看過這幅景象。

——啊，我想起來了。

父母現在住的地方和這裡很像。

他們現在住在南丹市的美山。

小學時，我和父母一起去美山玩，當時看到的正是如同眼前的景色。

「不如退休後搬來這種地方住，悠閒過日子吧。」

父母這麼說。

一陣清爽的風吹拂，感覺好舒服。

青青田園上，夕陽將天空染成了橘紅色。

一輪白色的明月浮現天際，道路盡頭出現一輛拖車，是行動咖啡車。

行動咖啡車前，放有幾套木製桌椅。

坐在那裡的，是從電車上下來的乘客。
雖然知道有人坐在那裡，但我看見的只是輪廓，看不清眾人的臉。
夢境這種地方，太多不踏實的東西了。
我也找了一張空著的兩人桌，坐了下來。
於是，有人在我面前放下一杯水。
「請喝。這是『水星冰淇淋汽水』。」
風景與人都看得不太清楚，桌上的飲料卻很清晰。
那是一杯在蘇打汽水上放冰淇淋與櫻桃的飲料，正是「冰淇淋汽水」。
和傳統冰淇淋汽水不同的是，蘇打汽水的顏色不是綠色，是漂亮的水藍色，冰淇淋也不是香草白，而是接近灰色的白色。
我拿起杯子，叼住吸管。
通過喉嚨的水藍色冰淇淋汽水有一種暢快清涼的感覺，還有適度的甜味。
光是把綠色的汽水換成漂亮的水藍色，冰淇淋汽水就多了一種新鮮感，即使味道還是舊時懷念的滋味，依然給人說不出的新奇感受。

淺灰色的冰淇淋，原來是冰沙。

帶點檸檬味，和蘇打汽水形成絕妙搭配。

正當我陶醉在這份美味中時——

「一下電子郵件出錯，一下檔案毀損，現在又是電車延誤……果然是水星逆行中啊。」

隔壁一個語帶不滿的女性聲音傳入耳中。

那正好說中了自己的狀況。

感覺像是替我說出了心聲，忍不住朝聲音的方向望去。

不料，坐在那裡的竟然不是人，是貓。

一隻不知道是波斯貓還是金吉拉的蓬鬆白貓。

貓在說話？

「……小維，妳可不可以不要講得好像都是我的錯。」

白貓對面，坐著另一隻貓。

有著水藍色眼瞳的暹羅貓，聲音聽起來像小男孩。

「哎呀，我的意思又不是在怪小墨你。」

「誰是小墨啊……可以叫我『墨丘利』就好嗎？」

「你自己還不是把我的名字省略成『小維』。」

「那是因為妳的名字太難叫出口。」

「『維納斯』哪裡難叫？很順口啊！」

「……不是這個意思。」

看來，波斯貓的名字叫「維納斯」，暹羅貓的名字叫「墨丘利」。

現在旁邊的人影也還是模糊不清，偏偏這兩隻貓又看得清清楚楚，而且他們還在交談，就算是作夢也很稀奇。

話說回來，「水星逆行」是什麼？

忍不住直盯著那兩隻貓看，維納斯朝我揮揮手，「嗨」了一聲。

我尷尬地點頭回應，又喝了一口冰淇淋汽水。

果然還是很好喝，令人懷念的滋味。

「引發鄉愁的『水星冰淇淋汽水』，是最適合水星逆行期間喝的飲料啦。

不愧是店長。」

維納斯這麼說，墨丘利也點頭表示同意。

因為那兩隻貓看著我的飲料說話，我就戰戰兢兢地開口了。

「請問……我最近也常遇到麻煩事，你們剛才說的『水星逆行』是指什麼？」

心想反正是夢，乾脆豁出去問他們吧。

如果是清醒時的我，一定不敢這麼做。

墨丘利說了聲「喔喔」，瞇起水藍色的眼睛。

「所謂的水星逆行啊，就是水星的逆行喔。」

墨丘利說得簡單，維納斯一副受不了的樣子噘起嘴說：「真是的……」

「那種說明，有說跟沒說一樣吧。水星就是行星中的水星，一年大概有三次水星逆行的期間。」

逆行？我疑惑地歪著頭。

「太陽系行星應該不會逆行吧？」

對於我這個問題，這次開口的是墨丘利。

「是啊，實際上並非水星真的逆行喔。只是，從地球上看出去，會有一段期間『水星看起來像在逆行』，換句話說，是一種視覺上的錯覺。」

一種錯覺……我盤起雙臂。

「水星在太陽系行星中，以最接近太陽的距離運行，因此，速度和地球不一樣，有時看起來就會像逆行。舉個例子來說，搭電車或在高速公路上開車時，旁邊的車輛明明朝同一個方向前進，看起來卻像在後退，不是會有這種情形嗎？」

這個比喻簡單明瞭，我一聽就懂，恍然大悟地擊掌。

「那麼，這樣的期間一年會有三次嗎？」

「對，大致上啦。說是三次，一次的期間大約會持續三星期。」

這期間還挺長的呢。我這麼一想時，維納斯臉上也露出「持續滿久的喔」的表情。

「水星是掌管電波與溝通的星星。從地球上看過去，水星看起來像在逆行時，水星的能量也會產生逆向作用。因此，水逆期間電子產品、儀器與表達溝通方面的通訊都容易出問題。像是寄出的郵件對方沒收到啦，或是電車、飛機航班延誤等等。」

聽了她的話，我附和道「哇，是喔」。

這麼說起來，每次發生檔案毀損或聯絡失誤時，大概都會持續發生一個月左右。為這些麻煩事煩躁了一段時間，回過神時又發現一切如常，那些問題都消失了。

「這樣啊，原來有時這些事情在同一時期接連發生，是水星逆行的緣故……」

就在我正要接受這說法時，眉頭一皺，感覺好像不太對。

「可是，我的工作夥伴安田就不常遇到這類問題，這又是為什麼呢？」

每次我遇到檔案毀損、電車延誤等一連串麻煩事時，一旁的安田總是一副不干己事的樣子袖手旁觀。

「這是因為，有人容易受水星逆行牽引，也有人不太容易受到影響啊。和星星的位置及時期等也有關係就是了。以你的狀況來說，或許受到水星落在第六宮的影響了吧。這樣的宮位雖然會帶來好處，但也有其弊端。」

墨丘利說得輕描淡寫。

「請問，水星落在第六宮，又是指什麼呢？」

我這麼一問，維納斯就回答：「這是占星術的說法。」

「第六宮是顯示工作與健康的地方。水星落在你的第六宮，所以你很適合從事現在這份與資訊傳達有關的工作。只是，也因為這樣，你具有特別容易被水逆牽引的傾向。」

我點頭說「喔……」，在腦中整理剛才聽到的話。

第六宮是顯示工作與健康的宮位，水星落入我的第六宮。

所以，我比其他人更容易受到水星的幫助，但也同樣容易在水星逆行時受影響。

雖然還不是百分之百聽得懂這些詞句的意思，但也大致上理解是怎麼一回事了。

既然比別人更容易受到水星影響，在水星逆行期間內，與其埋頭苦幹地投入工作，不如悠閒度日可能還比較好。

環顧這片一望無際的田園風光，我做了個深呼吸。

好久沒回老家了，不如回去看看吧。

不對，老家的爸媽現在正在北海道旅行……

一想到這裡，忽然擔心起某件事，我望向雙貓。

「請問，這麼說來，『水星逆行』期間是不是不要搭乘交通工具移動比較好呢？比方說，可能有引發交通事故的危險，或者該避免搭飛機……」

我這麼一問，維納斯就「呵呵」笑了。

「不要緊、不要緊，水星是顆小行星，造成的影響頂多是飛機起飛或降落的時刻誤點，還沒有引發大規模事故的能量。」

維納斯說得很樂，墨丘利卻像聽得很不開心，嘆了一口氣。

「水星逆行期間旅行雖然沒有問題，最好還是提醒自己預留多一點時間，提早行動，各項確認也要比平常更仔細。不只限於旅行，水逆期間凡事小心謹慎，就能避開無謂的麻煩和問題了。」

「沒錯。」墨丘利點頭。

「再說一次，只要知道『這是比平常更容易產生失誤，也更容易遇上麻煩的時期』，以此為前提行動就沒問題。」

我回答：「明白了。」

我一定是屬於容易被水星逆行牽引的人。

今後遇到水逆時期，就要事事反覆確認，比平常更加小心謹慎，提早採取行動。

才剛這麼一想，墨丘利又說：

「還有一件非注意不可的事，那就是，這段期間不適合簽訂大件合約。」

「咦？合約嗎？」

「嗯。這件事你一定要記得。水星逆行頂多就是三星期，這段期間內請仔細確認合約內容，等水逆期間結束再正式簽約比較好。如果非得在這段期間內簽約不可，千萬要比平常更謹慎。」

我回應道「原來是這樣啊」。

「水星逆行，這段期間真討厭啊……」

忍不住這麼發牢騷，不知為何，墨丘利像自己受到責怪一般，露出歉疚的表情，縮了縮肩膀。

看到這樣的他，維納斯搖頭說：

「其實水星逆行期間也不全是壞事啦——」

★

「夢真是不可思議的東西。」

聽到惠美這句話，水本回過神來。

「……啊、對啊，真的。」

搭著電車，不知為何來到一處田園，上面還有行動咖啡車。在那裡喝了水藍色的冰淇淋汽水，還跟貓說了話……只能用「不可思議」來形容這個夢境了。

儘管有一部分景物朦朧不清，有些東西卻又清晰可辨，這點也很奇妙。

一想起這個夢，就像她剛才說的，連夢中喝到的冰淇淋汽水味道都還記得，甚至記得以前從未擁有過的「水星逆行」知識。

真的很不可思議。水本盤起雙臂這麼想。

對了，最後那隻叫維納斯的貓好像說了什麼？

「其實水星逆行期間也不全是壞事啦——」

還差一點就要想起來了，可是現在開始回想夢中細節的話，和她之間就要一直沉默下去了。

比起夢境，現在水本更想聽她說話。

抬起頭，正好與惠美四目相接。

「順便問一下，惠美小姐作的是什麼樣的夢呢？」

一半是想多知道一些關於她的事。

另外一半，則單純對她作的夢感到好奇。

「關於那個夢啊……」說著，惠美放在腿上的雙手交握。

「拜作了那個夢之賜，我才下定決心辭掉前一份工作。」

「咦？作了夢之後嗎？」

她笑得一臉開心，點頭回答：「沒錯。」

後篇　月光與金星的漂浮香檳

1

「作了個夢就辭掉工作……聽起來很危險吧。可是，我一點都不後悔喔。」

面對這麼說的早川惠美，水本默默點頭回應。

「我啊，從以前就很喜歡幫朋友綁頭髮或把大家打扮得漂漂亮亮。所以，我一直相信妝髮師就是自己的天職。雖然嚮往大都會，但又沒有勇氣跑到東京去，就打算在我心目中西日本最繁華的都市梅田工作。這些想法全都實現了，我真的很高興。」

惠美說得這麼興高采烈，不料一轉眼又低垂視線說：「可是……」

「明明在自己喜歡的地方做喜歡的工作，不知為什麼總覺得『好像哪裡不太對』，有一種說不出的不協調感……」

說著，惠美「呼」地嘆了一口氣。

「就在那時，作了一個夢……」

目光望向遠方，惠美開始說起那個不可思議的夢境。

★

那天，一如往常結束了工作。

和平常不一樣的是，店長召集來全體員工，告誡每個人獲得客人指名的次數太少。

「在這當中，早川小姐獲得的指名特別多，大家也要向早川小姐看齊，細心照料每一位客人的需求……」

店長在大家面前稱讚了我。

聽著店長的話，包括前輩在內，店裡的工作人員紛紛點頭。

原本這應該是值得開心的事才對。

可是，我卻非常沮喪。

我喜歡妝髮師的工作，某方面來說頗有自信，只是仍無法否認技術上還有不足的地方。

之所以獲得那麼多客人指名，只是因為我「好聊天」、「感覺討喜」，我也知道自己不是店裡手藝最好的妝髮師。

獲得客人指名固然開心，我努力工作又不是為了成為店裡第一把交椅。

心中悶悶不樂地想著這些事，那天下班後，我不想馬上回家，就一個人晃到居酒屋，不知不覺喝多了。

離開居酒屋，踏上回家的路。

應該走在大阪街頭的我，不知為何走在老家開理髮店的那條大手筋商店街裡。

不只如此，時間也從深夜變成日暮時分。

傍晚的商店街向來充滿活力，人聲鼎沸。

然而，那時卻連一個路人都沒有。

我混沌的大腦無法順利思考，只是不可思議地走在商店街裡。

接著，看見一個女人站在父母開的店門前。

那是個令人聯想到北歐的金髮碧眼女性。微捲的長髮是白金色，藍色眼瞳攙雜著一點金色。

非常美麗的女人。

她看到我，開口說了聲「請問……」

「妳是這間美容院的人嗎？」

「是的，我是這間店老闆的女兒。請問有什麼事嗎？」

我這麼反問，她怯生生地低垂視線。

「其實，今晚我將登台表演。原本想來這裡化妝和做頭髮的，沒想到店沒有開……」

聽了這句話，我探頭窺看店內，把手放在門上。

大概是公休吧，沒看到父母在店裡，門也上了鎖。

「今天好像休息耶。我也沒有店裡的鑰匙……」

我這一說，她就失望地垂下肩膀。

美得像個女明星的她，為什麼會想來父母默默開在商店街裡的理髮店，得知公休時還這麼失望，真是教人想不通。

可是，高興的心情勝過這些念頭。

「那個……不嫌棄的話，我來幫妳吧？我也是妝髮師，工具都有帶在身上。」

我提出這個建議，她的表情瞬間亮了起來。

「真的嗎？太好了！」

「啊、可是，要在哪裡好呢……」

我環顧四周。

「我們的店就在那裡，麻煩妳到那邊去好嗎？」

她踩著輕快腳步往前走。

「您也在這條商店街裡工作嗎？」

「對啊。不過，只有現在。」

「只有現在。」很快地，我就明白這句話的意思了。

只見她從商店街裡的寺廟——「大光寺」的門口走進去。

一輛行動咖啡車就停在寺院裡。

咖啡車前方擺著幾套桌椅。

「只有今天，我們借了這裡的場地開店。」

這麼說著，她「呵呵」一笑。

一隻身穿圍裙的巨大三花貓走出咖啡車，放下招牌。

招牌上寫著「滿月咖啡店」。

「店長，我可以用一下這張桌子嗎？」

她對那隻三花貓招手這麼說。

看來，這裡的店長穿著布偶裝。

離咖啡車稍遠的地方有幾張椅凳，幾個手持樂器的外國男女在那交談。

紅頭髮的青年拿的樂器是小喇叭，銀髮美少年是長笛，身材豐腴，外表溫柔的女性扶著大提琴，一身黑西裝，看起來有點難親近的男人則拿著指揮棒。

其中最吸引我目光的，是有著一頭長直髮的美女。

我忍不住看得著迷。

「那個人很出色吧？」

金髮碧眼的女人坐在椅子上說。

「是啊，不過，妳也很出色。」

我打從心底這麼說。「謝謝。」她高興得瞇細了眼睛。

「我們都是『滿月咖啡店』的員工，有時也是『滿月樂團』的成員。」

聽到她這麼說，我再朝那些手持樂器的外國人看了一眼。

「那麼，在那裡的就是樂團成員嘍？」

「對，不過不是全部。只有今晚連在一起的夥伴而已。」

她點點頭，這麼說。

「連在一起……」

這句話的意思我不太明白，微微歪了歪頭。

話說回來，就算日語說得再好，她畢竟是個外國人。
或許她的意思是想說「今晚聚集在一起的夥伴」吧。
「黑髮的她是聲樂歌手，也是大家崇拜的對象。今晚，我將站在她身旁拉小提琴。」
說著，金髮女人微微紅了臉。
對她來說，今晚的登台演出一定很重要。
「我明白了，會幫妳做出最美的妝髮造型。」
我用力點頭，打開包包，將工具拿出來擺在桌上。
放好三面鏡，在她脖子上圍上披巾。
我能感受到她的期待、不安與加速的心跳。
我的心跳也和她一樣愈跳愈快，但是，內心沒有一絲不安。
因為我有自信，能為她做出最美的造型。
仔細上妝，再開始打理絲絹一般美麗的頭髮。
眼看她在我的雙手下變得愈來愈漂亮。

我專注在為她化妝與做頭髮的工作中，結束後，深深吐一口氣。

不知何時，天空從橘紅色變成了深藍色。

她看著鏡中的自己，露出欣喜的微笑。

「謝謝妳，把我打扮得這麼漂亮。手藝真好！」

「您客氣了。」我搖著頭說。

「我才要感謝您，好久沒工作得這麼開心了……」

我感到心滿意足。

果然，幫人打扮得漂漂亮亮，對我來說是一件這麼開心的事。

「妳說好久……難道妳現在……工作得不開心嗎？」

她擔心地問，我不知該如何回答才好。

「我非常喜歡像這樣幫別人梳妝打扮，所以，一直認為妝髮師是我的天職，可是……」

為什麼每天都過得那麼痛苦呢？

我這麼問自己，低垂視線。

於是，她朝那位黑髮女性望去。

「她原本是個只唱抒情歌的歌手喔。可是，漸漸地感到不開心，無法樂在其中。明明最愛唱歌，卻常常覺得憂鬱。有一天，她試著唱了聲樂，發現靈魂為之顫抖，心想『這就是我想唱的歌』。妳現在的狀態，說不定和那時的她很接近。」

聽了她的話，我心頭一陣悸動。

「真的非常謝謝妳，惠美小姐。」

她對我點個頭，踩著輕快腳步朝樂團成員走去。

咦？她怎麼知道我的名字。

這樣的困惑很快就消失了。

因為下個瞬間，我就知道自己在作夢。

當她一站到黑髮美女身邊，兩人就化成了貓的姿態。

一隻是全白的波斯貓，另一隻是有紫色眼睛，毛色漆黑的黑貓。

兩隻貓發出令人目眩的光芒，彷彿被吸入夜空中一般消失。

「——唔！」

眼神追隨朝天空延伸的光線，我抬頭仰望夜空。

大大的滿月旁邊，金星熠熠生輝。

黑西裝男人揮舞指揮棒。

樂團成員們開始演奏。

夜空中傳來美妙的歌聲與小提琴的樂聲。

回過神來，才發現其他桌旁已有客人。

不可思議的是，只看得見人影，知道有人坐在那裡，表情卻是模糊不清。

或許因為照亮這裡的只有月光吧。

耳邊聽見的歌聲與樂聲非常優美。

我沉醉在好像在哪聽過的樂曲與音色中。

「是《杜蘭朵》裡的曲目，〈公主徹夜未眠〉喔。」

三花貓店長端著托盤來到我身邊。

我困惑抬頭，店長的眼睛瞇成了弓形，把一個雞尾酒杯放在桌上。

玻璃杯裡有金色的冰淇淋球，上面還放了薄荷葉。
店長朝杯中注入香檳。
「這是『月光與金星的漂浮香檳』，請和最上等的香甜草莓一起享用。」
玻璃杯旁的小盤子裡，放有撒上金粉的草莓。
「好豪華啊。」
「因為今晚是以維納斯和滿月為主角的演奏會。」
店長呵呵一笑。
我拿起湯匙，舀起金色冰淇淋送入口中，黃桃的甜蜜滋味瞬間擴散口中。
除了甜味，還加上香檳與薄荷的點綴，成為絕妙的提襯。
這正可說是大人的飲料，也是甜點。
「這……真是絕品。」
演奏還在繼續。
樂團成員們開心地演奏著樂器，黑貓也不遑多讓，盡情高歌。
「好美的歌聲……真希望我也能像她一樣，遇到屬於自己的『聲樂』……」

聽到我如此低聲自言自語，店長一邊說著「關於這個呢……」一邊拿起掛在脖子上的懷錶。

「讓我來為妳讀星吧？」

他這麼問。雖然不清楚這是什麼意思，我仍點頭說「啊、好的」。

店長喀嚓按下懷錶龍頭，朝錶面望去。

於是，夜空中浮現一個星盤。

店長仰望夜空，口中發出恍然大悟的「喔喔」。

「妳的金星落在第二宮呢。」

如店長所說，顯示「②金錢」的位置裡有個象徵金星的「♀」符號。

「顯示金錢——也就是財產的第二宮，是指導我們何謂『適合自己的賺錢方式』的房間。而金星掌管『娛樂』，所以，妳能大大發揮自己的『樂趣』，從中創造財富。」

「……樂趣。」

我喃喃低語，抬頭望向夜空。

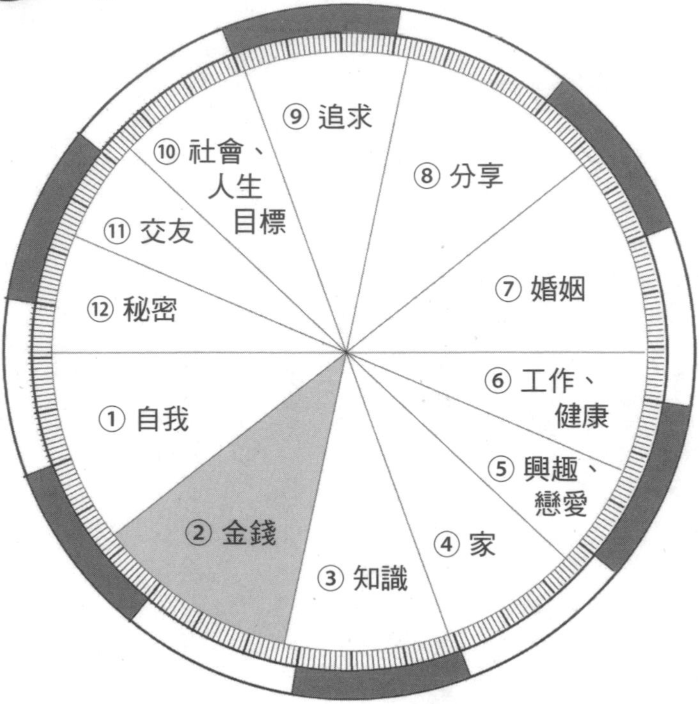
⑨ 追求
⑧ 分享
⑩ 社會、人生目標
⑪ 交友
⑦ 婚姻
⑫ 秘密
⑥ 工作、健康
① 自我
⑤ 興趣、戀愛
② 金錢
④ 家
③ 知識

工作應該是快樂的。

可是為何，現在的工作讓我這麼痛苦。

大致上，能想到的原因有兩點。

第一點，我無法按照自己的步調工作。

至於另一點，在美容院工作的我實在很不想承認。

但是，我發現自己不是那麼喜歡「剪」頭髮。

——沒錯。

七五三、成人式、婚禮、拍照……我喜歡為這些場合的客人打理髮型。

也有自信能幫他們做出很漂亮的造型。

可是，剪髮這件事，我總是無法隨心所欲，做起來不開心。

這麼說來，還是做自己覺得有趣的事比較好。

既然如此，只要找能讓自己感到「開心」的工作就好了？

這麼一想，心情瞬間開朗起來。

深藍色的天空發白，朝陽開始攀升。

不知不覺中，竟然過了這麼長一段時間嗎？
「天亮前再來一杯冰咖啡如何？」
店長露出帶點惡作劇的微笑，在我面前放下細長的玻璃杯。
那是一杯近乎藍色的深紫紅冰咖啡。
店長在冰咖啡裡注入白色的糖漿。
「請搭配朝陽糖漿一起喝。」
深紫紅色的冰咖啡，轉眼呈現明亮的色澤。
我拿起吸管，啜飲一口。
有點苦，有點甜。
是一種將我溫柔點醒的滋味。
「好好喝——」
天漸漸亮了。
在耀眼的陽光下，我瞇起眼睛。

★

「接著睜開眼睛時，我在自己房間床上。」

惠美說完自己作的夢，看著水本問：「很不可思議的夢吧？」

水本吞了一口口水，拘謹地點點頭。

「啊、抱歉抱歉，嚇到你了？」

不。水本立刻搖頭。

之所以無言以對，是因為惠美的夢和自己的夢境有著難以言喻的相似。

「後來，我就辭掉店裡的工作了。」

惠美繼續這個話題，水本抬頭看她。

「所以，妳決定在這間店幫忙了嗎？」

確實，如果是在父母經營的理髮店工作，應該就能隨心所欲做自己喜歡的事了吧。

水本這麼想，但實際上並非如此。

「當然，需要我幫忙時我也會來幫忙。不過，我決定成為一個妝髮業的自由工作者。」

「自由工作者？妝髮業也有自由工作者嗎？」

「有啊。比方說，到婚宴場合或照相館等地方，幫需要的客人化妝、打理髮型。」

原來如此。水本點點頭。

「我也已經做好心理準備，一開始一定會不太順利，或許遲遲沒有工作上門。可是，實際開始接案後，到處都有人提出需求。父母認識幫祇園舞妓及藝妓做頭髮的人，那個人也跟我說『既然妳現在是自由工作者，下次可以來幫忙』。像剛才來的那個朋友，她在電視圈工作，聽說電視台的人氣造型師人手不足，希望我在繁忙期時過去幫忙。很棒吧？」

說著，她的雙眼閃閃發光。水本直率地點頭說「真的很棒耶」。

「不過啊……」她又嘆了一口氣。

「最近，因為聯絡和預約都很混亂，出了不少問題。我才想好好做一個自己的網站。」

原來是這麼回事。水本總算搞懂了。

立刻正襟危坐，看著她說：

「既然是這樣，請務必把妳的網站交給本公司製作。費用我會盡可能算便宜，如果直接套用我們公司的模組，預算可以壓得很低喔。」

「太好了，謝謝。」

「妳想要什麼感覺的網站？我這邊有帶一些參考資料。」

一邊說著，水本一邊從提包裡拿出簡介手冊。

「我想要簡單但是有品味，即使是私人散客也能輕易操作的介面，用行事曆來呈現整體感覺。」

嗯嗯嗯。水本邊聽邊點頭，出示資料給惠美看。

「那就大概是像這樣？」

「嗯，這種感覺很不錯。」

「還有，這是我自己的建議，因為早川小姐做頭髮的手藝高明，或許可以拍成影片放在網站上，妳覺得怎麼樣？」

「哇，這個好。像電視上的『三分鐘小廚房』那樣的影片，要是能拍個『簡單做頭髮』的影片一定很好玩。」

「這時候，網站的影片還可以跟社群網站連動，效果應該會更好喔。」

水本提了幾個建議，像想起什麼好笑的事似的，惠美忽然笑了起來。

「咦？我說錯什麼了嗎？」

「不是啦，抱歉，只是想到『那個小不點水本，現在也這麼厲害啦』，覺得好佩服喔。」

見惠美笑得那麼開心，水本也只能面露苦笑。

畢竟，她認識小學時代的自己。

對小學生來說，三歲的差距是很大的，看到現在的自己，她一定有種奇妙的感覺。

「這麼說起來，我剛才那個朋友也和我們隸屬同個路隊喔。」

惠美這才想起來。

「欸？剛才那位也是？」

「對啊，而且她還是路隊長。」

即使惠美這麼說，水本還是想不起來。

「不好意思，我一點印象都沒有。」

「這也難怪啊，我們六年級時，水本才三年級嘛。不過，你還記得芹川老師嗎？後來去當編劇那個老師。」

被這麼一問，水本立刻點頭說：「啊、我記得。」

何止記得，意想不到的是，現在還一起工作。

最重要的，當年發生過一件讓他對芹川老師留下深刻印象的事。

惠美之所以還記得自己，也是因為那件事吧。

「真懷念……」

水本這麼喃喃低語。

「真的……」

惠美視線望向遠方，朝天花板抬起頭。

2

小學時代的事，幾乎都不記得了。唯有那件事，至今仍鮮明保留在記憶中。

我上學放學時隸屬的路隊，由一位叫芹川瑞希的約聘教師帶隊。大部分的時候，老師們只會陪我們放學。可是，芹川老師因為碰巧住在我們通學這條路附近，連上學時也會陪我們走到學校。

「大家，昨天的功課都寫了嗎？」

早上她會像這樣招呼我們，放學回家路上，則會陪我們玩文字接龍或唱歌，每天放學都很開心。

芹川老師休假的日子，同一個路隊的大家甚至會很失望。她就是這麼受大家喜愛的老師。

某天，發生了一件事。
通常，放學路隊走到兒童公園就解散了。
那天，芹川老師看著公園旁邊一棟雅緻的洋房，臉上表情有些詫異。
那棟房子裡獨居著一位老紳士，他有著滿頭白髮，總是穿著體面的服裝，是一位散發優雅氣質的老爺爺。
聽說老爺爺過去曾是活躍海外的鋼琴家。
他現在還是會彈鋼琴，放學時間經常聽得到鋼琴聲。
路隊走到公園後，一、二年級生就在前來等待的家長帶領下回家了。
芹川老師總是會跟家長們微笑寒暄，這天卻連這都忘了，一直注視著老爺爺的家。
「老師，妳怎麼了？」
高年級生不解地問，芹川老師這才回神，低頭對著我們說：
「那位老爺爺，除了下雨的日子之外，無論多冷，每天早上一定會打開窗戶透氣，傍晚則會彈奏樂器。沒彈鋼琴的時候，就是在整理庭院。可是，前天明明天氣很好，他卻沒有開窗，傍晚沒聽見鋼琴聲，也沒看到他在院子裡……」

芹川老師一臉擔心的樣子，高年級生們歪著頭說：

「每天早上都有開窗嗎？」

「說不定是去旅行了？」

也有學生這麼問，芹川老師苦笑回答：

「這位老爺爺啊，老是忍不住撿貓回家，家裡有很多貓咪喔。他上次跟我說，因為這樣，現在都無法出門旅行了……我還是有點擔心，去按門鈴看看好了。」

說著，芹川老師走向那棟小小的洋房。

路隊裡，其他還沒回家的學生也跟著她走。

其中就包括了水本。

水本雖然不記得，其實路隊長明里和惠美也在其中。

只見芹川老師屏氣凝神，按下門鈴。

然而，老爺爺沒有來應門。

取而代之的是成群貓咪出現在窗邊，彷彿求助一般叫個不停。

「不好了，我看一定出了什麼事！」

芹川老師立刻報警，請警察進去確認屋內的狀況。

這才知道，老爺爺幾天前病倒臥床，動彈不得。

救護車很快趕來了。

老爺爺被抬上擔架，送上救護車。

像是想跟在老爺爺身邊，一大群貓紛紛試圖跳上擔架，趕也趕不走。

看到貓兒們這副模樣，擔架上的老爺爺也束手無策。

「要是您願意，在您回來之前，我可以幫忙照顧貓。」

芹川老師這麼說，老爺爺真的很高興的樣子，頻頻道謝，把家裡的鑰匙交給老師。

留在公園裡的家長們訝異地說「幫人保管鑰匙，今後要是惹上麻煩，可不關我們的事喔」。

芹川老師微笑回應：「只是在他回來之前幫忙一下而已。」

就這樣，芹川老師和路隊的學生們每天都去幫老爺爺照顧貓。

早上和傍晚餵食，順便清理貓砂。

「大家，老爺爺很快就會回來了喔。」

芹川老師一邊照顧牠們，一邊像這樣對貓咪們說話。

然而，老爺爺終究沒有回來。

送醫一個月後，老爺爺就在醫院裡過世了。

那些貓咪當時拚命想跳上擔架，一定是因為察覺了吧。

察覺可能再也見不到老爺爺——

老爺爺過世後，眾人陸續得知關於老爺爺的事。

他原本是海外的樂團指揮家。

可是，後來辭掉指揮的工作，成為鋼琴家。

這輩子都專注投入音樂的世界，沒有結過婚。

也沒有小孩，所以把撿來的貓當成自己的孩子般照顧。

老爺爺有個不親的外甥，繼承了他所有的財產。
外甥說要把房子賣了，把貓送到收容所。
芹川老師和學生們拚了命阻止他。
大家盡力與老爺爺的外甥打商量，希望他能再通融一點時間，這樣一定能找到人認養。
可是老爺爺的外甥堅持不答應，一心急著想把這個房子賣掉。
聽到這件事，大家心裡都好難過。
要是可以的話，真想幫助那些貓。
但是，每個人家裡都有不得已的苦衷，沒辦法收養貓咪。
聽著聽著，水本忽然想起，自己家裡或許可以收留這些貓。他立刻跑回家，徵求父母的同意。
原來，水本家的工程行有間放建材的小倉庫。
已經有些擅自住下的流浪貓，在那裡過著隨心所欲的生活。
或許是水本的努力表達打動父母的心，原本就心胸寬大的父母答應在找到認養人之前，只要大家能好好照顧那些貓，就暫時收留牠們。

就這樣，貓兒們暫時生活在水本家放建材的小倉庫。

找到認養人之前，芹川老師和學生們每天都來照料貓咪。

後來，不負眾人的奔走，順利找到認養人，貓兒們各自前往新家，展開新的旅程。

★

「——就在只有把貓咪們送進收容所一條路可走時，個頭小小的水本衝進公園說『可以暫時放在我家』。那時的事我記得非常清楚，真的高興得差點哭出來。」

或許是想起了當時的事，惠美眼眶泛淚，托著下巴這麼說。

一陣難為情，水本低垂視線。

同時也想起一件事。

自己提出可以收留貓咪時，其中一個高年級生哭著說「謝謝」。

已經不是「差點哭出來」的程度。

而是像小孩子一樣嚎啕大哭。

六年級的大姊姊竟然會哭成這樣，讓水本留下深刻印象。

那個女生，一定就是惠美了吧。

「……說不定，是那時候的貓兒們『回來報恩』了呢。」

水本這麼一說，惠美就詫異地眨了眨眼。

「我指的是惠美小姐的夢。那或許是『貓的報恩』喔。」

接著這麼一說，她卻輕聲笑了起來。

「我只是和大家一起照顧貓咪，沒做什麼值得向我報恩的事呀。再說，老爺爺養的貓咪裡面，沒有那麼漂亮的波斯貓，也沒有紫色眼睛的黑貓。」

說的也是，水本點點頭。

老爺爺養的都是短毛貓。

「那麼，或許是當年的貓去拜託貓神，請貓神來報恩……」

情不自禁這麼喃喃自語，惠美噗哧一笑：「什麼貓神啊。」
「沒想到水本也會說這樣的話，真出乎意料。」
被她這麼一說，水本臉頰都發燙了。
的確，自己不是會說這種話的類型。
「如果貓咪們真的去拜託貓神來報恩，比起任何人，最該回報恩情的對象應該是水本才對。」
「咦？我嗎？」
「對呀，是水本救了那些貓。大家雖然心疼牠們，卻什麼事也沒辦法做……」
「那只是因為我家剛好有可以收留貓的環境啊，沒什麼了不起的啦。」
水本笑著這麼說，忽然想起在電車上作的夢裡，貓最後說的那句話。
——其實水星逆行期間也不全是壞事啦，這段時間，也是適合回顧往日的時期喔。

不是什麼事都埋頭前進就好。

緬懷過往的時期。

重新檢視自己的重要時期。

水星逆行期間，有時會與懷念的對象重逢，有時有機會嘗試當年沒能辦到的事，有時也能重新挑戰，捲土重來喔——

啊，對了。水本瞇起眼睛。

看到那個高年級女生哭得唏哩嘩啦時……

自己胸口忽然感到一陣揪心。

小學三年級和六年級的差距非常大。

然而，那時自己卻沒來由湧現「想保護這個女生」的心情，那種心情既甜美又苦澀。

儘管沒有自覺，這或許就是水本的初戀。

現在，當時那甜美又苦澀的心情再次湧現心頭。

那天至今，已經過了十幾年。

不可思議的緣分促使自己和初戀的女孩重逢，現在她就在自己身邊。

即使一開始沒有馬上認出她來。

但是，這只是表面上的認知，其實自己或許在潛意識中牢牢記得她。

這也是為什麼，打從一開始就莫名在意她，光是想到要跟她見面就會緊張到睡不著。

有機會嘗試當年沒能辦到的事，有時也能重新挑戰或捲土重來——故作老成的波斯貓那番話閃過腦海。

她不但告訴自己關於星星的事，還從背後推了自己一把。

「……說不定，貓已經向我報恩了。」

水本喃喃低語。

「咦？什麼什麼？」

「也可能是我誤會了啦……」

水本搔搔頭。

「欸，跟我說嘛。」

惠美眼神閃閃發光，好奇地向前探身。

如果是她，聽了一定也不會驚訝吧。

除了夢境的事，還想跟她聊各種話題。

比方說，想跟她分享在溝通傳達上容易出問題的「水星逆行」是什麼。

還想跟她說，這個時期發生的不全是壞事，包括得知芹川老師的近況在內，也經常會像這樣與懷念的人重逢。

不過，「妳好像是我的初戀情人」這句話，還是等水逆期間結束再跟她說吧——

水本凝視惠美，默默微笑。

尾聲

1

芹川瑞希一看到製作社群網路遊戲的資訊公司寄來的信，立刻握緊拳頭喊了聲「太棒了！」。

手上的手機螢幕裡，顯示著對方寄來的委託信件，內容提到「為遊戲設置了新的角色，非常希望由您負責這個新角色的情節」。

先前，投注全副精力撰寫了配角路線的結局劇情，也自認寫出很好的故事，感到心滿意足。

沒想到，事情發展的結果更是超乎自己想像。

配角情節在網路上掀起話題，連記者都找上門來專訪。

當時心想，現在正是表明身分的最佳時機，於是向記者坦承自己就是「芹川瑞希」。

做出這個決定前，也已做好招來負面批評的心理準備。出乎意料的是，幾乎沒有負評，反而是表示好感的意見居多。

不只如此，還達成了眼前最大的目標──負責主角情節的劇本。

只要這次好好努力，或許能換來下次的機會。

瑞希振奮精神站起身來，準備泡壺紅茶給自己。

住的還是以前那間房租便宜的小套房。

只是，自從遇見那間不可思議的咖啡店後，開始有了即使房間小也想好好裝飾的想法，在做得到的範圍內著手改造了一番。

例如，床在睡覺之外的時間蓋上一層床罩，放上幾個抱枕，當成沙發來使用。

小餐桌旁放了觀葉植物和營造氣氛的落地燈。光看這張餐桌，說是咖啡店的一角也不為過。瑞希很滿意自己的改造。

就算只有一朵，家裡也要擺花。

即使還無法換掉窗簾，至少換條漂亮的窗簾綁帶。

也不再湊合著用百圓商店買來的馬克杯，精心挑選自己喜歡的杯子使用。

所有眼睛看得到的地方，都盡可能換上讓自己看了心情愉悅的東西。

光是這麼做，心境就愈來愈開朗。

正如那隻大三花貓讀星人店長所說，對瑞希而言，把「家」打造成美好的空間是非常重要的事。

「代表『家宅』的是第四宮。妳的第四宮星座是『金牛座』，進入其中的行星又是『金星』嘛。」

將紅茶倒進咬牙買下的高級紅茶杯，和杯碟一起放在桌上。

朝窗外望去，上次看見的三花貓坐在陽台欄杆上，一看到瑞希，就像想說什麼似的，「喵」了一聲。

「在說什麼啊？」

不經意地想起那不可思議夢中遇見的老紳士。那時，他似乎說了什麼。只是終究沒聽清楚，事到如今也不可能知道了。這麼想了想便轉換心情，對自己說聲「來工作吧」，打開電腦，喝口紅茶。

「先檢查一下信箱……」

自從與奇妙的「讀星人」相遇後，瑞希開始對占星術感興趣，也自己研究了起來。

「現在可是水星逆行時期，得小心點才行。」

學了占星後，現在已經知道「水星逆行」是怎麼一回事了。

在「水星逆行」期間，就算自己以為已經寄出了電子郵件，也有可能根本沒傳出去，或是發生重要信件跑到垃圾信件匣的事。

雖然水逆很棘手，卻也是適合「捲土重來」的時期。

「適合捲土重來啊……是不是該再寄一次企劃給中山小姐呢……」

想把上次寄給她的企劃修改為適合現在這個「水瓶座時代」的東西。

寫了信向她這麼表示……

確認信箱，發現其中有一封中山明里寄來的回信，瑞希點開郵件。

「前幾天謝謝您專程撥空前來，沒能好好聊久一點，真的非常抱歉。芹川老師的企劃雖然在會議上被認為不符合時代潮流而沒有通過，但絕對不是內容不好。方便請您如信中所說，配合時代重新改寫嗎？」

她在信中這麼寫。

瑞希嚥下一口口水。

「太厲害了，真的是適合捲土重來的時期。」

心跳得愈來愈激動。

「我要加油！」

帶著堅定的眼神，瑞希將手伸向鍵盤，打下「謝謝」。

這時，老紳士的身影忽然浮現腦海，想起了當時他的嘴型。

——謝謝。

沒錯，他是這麼說的。

2

中山明里在可眺望鴨川的餐酒館吧檯座位上等待次郎。

吧檯對面是一扇大大的窗戶。

太陽早已下山，美麗的滿月高掛天空。

「今晚也是月圓之夜呀……」

拿起手機，黑色的畫面映出自己的臉。

兒時玩伴也是摯友的早川惠美幫她做了精緻的髮型，看著有點害羞。

不過，這麼一來就能清楚看出惠美的手藝，或許也是好事。

嗯。點點頭，明里打開手機。

查看網路新聞，上面出現鮎川沙月的話題。

那次不可思議的體驗後，她抱著無論遇到任何待遇都會全盤接受的決心，舉行了公開記者會。

記者會上，她對外遇對象沒有一絲責備，只誠摯地向對方妻子與小孩表達歉意。此外，對那些被自己醜聞傷害的人，也發自內心賠罪。

當然，無論再怎麼道歉，揚言絕不原諒的人還是很多。

只是，同一天的傍晚，那個和她外遇的男演員發聲明表示「一切都如她在記者會上所說，責任都在她，我一點錯都沒有」。這麼一來，世人對鮎川沙月的怒氣開始轉移到他身上。

不只如此，還被挖出這個男演員同時跟其他女人交往的證據。

「鮎川沙月只是個愛上渣男的倒楣女人」，人們這麼說著，同情起沙月，現在她也漸漸重新獲得上電視的機會了。

網路上的新聞，引用她在電視節目上說的話──「暫時不想談戀愛了」。

雖然也有人罵「不倫女竟敢說這種話」，多數觀眾的意見仍偏向「沒錯沒錯，不要再招惹渣男了，努力工作吧」、「下次可不要再被騙啦」。

儘管現在仍有嚴厲的批評聲浪，但她勇於面對，向前邁進的態度，讓明里獲得勇氣，自己也想好好加油了。

檢查電子郵件信箱，看到芹川瑞希的回信。

「謝謝妳，我一定會重寫，請再給我一次機會。我會好好努力。」

看到她這樣的回信，明里忍不住微笑。

「哎呀，明里，妳今天怎麼打扮得這麼漂亮？」

身旁傳來男人的聲音，明里抬起頭。

是造型師次郎。

今天的他，一身T恤配牛仔褲的休閒裝扮。

「次郎哥，晚安。」

「晚安，打擾嘍。」

說著，次郎在明里身邊坐下。

兩人點了精釀啤酒來乾杯。

「今天的髮型是小惠……就是上次跟你說的朋友幫我編的。」

「喔，就是那個說可以來幫忙的自由接案妝髮師？」

「對，她說『非常希望可以合作，請多多指教』，很期待跟次郎哥見面喔。」

「我也很期待。話說回來，這頭髮編得還真漂亮，整體造型也很適合明里，看得出她技術高超。」

「謝謝。」明里害羞地說。

「話說，明里最近變美了呢。是不是交男朋友啦？剛才是在看男朋友傳的訊息嗎？看妳嘴角都上揚了。」

被這麼一問，明里差點嗆到。

「不是，才不是男朋友，是芹川老師寄來的信。」

「芹川老師，就是上次被明里宣判死刑那個企劃沒通過的編劇？」

對。明里點點頭。

「那之後，次郎哥跟我說的話，一直在腦海中縈繞不去……」

次郎捧著臉頰說「哎呀」。

「我跟妳說了什麼？」

「你說『拚命收集起來的勇氣，在名為「拒絕」的強風面前很容易就會被吹散』，還有『只有充滿自信的人，才有辦法在被拒絕時死纏爛打』。」

真的是這樣沒錯。

「我說了這種話喔？」

「你說了呀，還說我對自己和別人都太嚴厲了。」

「啊——這個我倒是確實有說。」

「不過我也在想，要一點一點改掉這個毛病。稍微縱容自己一點也沒關係吧，或者不該說是縱容？總之，就是老實承認自己的心意，接受原原本本的自己，只要能一點一點做到就好……」

明里這麼說著，次郎「噗哧」一笑。

「咦？我說了什麼好笑的話嗎？」

「因為妳一直強調『一點一點』啊，好像非得慢慢來不可，否則做不到似的。」

看次郎笑得愉快，明里只能報以苦笑。

「可能真的是這樣沒錯啊……」

「不過，就算只是一點一點，最重要的是能夠做到。否則，妳會像我一樣過得很辛苦。」

「很辛苦？」

明里感到不解，朝次郎側臉望去。

「我家父母都是腦袋死板的人，家教非常森嚴喔。從小就一直跟我說，一定要考上國家公務員。我也曾經很努力，可是途中忽然感到窒息。高中時，心血來潮拿姊姊的洋裝來穿，也不知道為什麼，就很想試試那種背德的滋味。沒想到，被我父親撞見。」

「欸？那怎麼辦？」

明里聽得心驚膽跳，身體微微前傾。

「他就破口大罵啊，什麼變態、無恥都說出口了。我也乾脆豁出去，用女人的語氣對我爸大喊『對啦，其實我就是個男大姐』。結果被狠狠揍了一頓，直接趕出家門。」

次郎「啊哈哈」地說著說。

「那次郎哥，你後來怎麼樣了？」

「一直到高中畢業，我都住在外婆家，畢業後進了美容院工作，考取執照，歷經各種機緣巧合，進入現在這一行直到今天。那件事啊，可說是我人生中的革命。」

「革命，聽起來很辛苦……」

「真的啊。不但傷了父母的心，還破壞家人們在那之前建立的家庭。可是，如果繼續當年那樣下去，我自己也會毀滅。拜這場革命之賜，我才得以掌握自己的人生。」

次郎「呵呵」一笑，托著下巴輕輕聳肩。

「話雖如此，對父母真的很過意不去。後來算是有和解，但我一直都沒回老家。」

「可是，若是當年次郎哥的爸媽有好好理解你，察覺你內心真正的想法，你就不用掀起這場革命了吧。所以，我覺得這不是追究誰對誰錯的問題……」

明里這麼一說，次郎就笑著向她道謝。

聊著聊著，有件事明里好奇得不得了。

那就是次郎過往的戀愛。

經歷了過去那番革命，才有今天的他，可是……

「那個，我可以問一下嗎？」

明里不顧一切開口，次郎睜大眼睛說：「問什麼？」

「次郎哥雖然用女人的口氣說話，內心也是女人嗎？」

「內心也是女人的意思是？」

「就是……我想知道，你戀愛的對象，是男人還是女人……」

一鼓作氣問出口，才反省自己問了太私人的問題，語尾愈說愈小聲。

「噗！」次郎笑著斜睨明里一眼。

「哎呀，那妳覺得哪一種比較好？」

被他這一問，明里心頭有如小鹿亂撞。

「……我希望，次郎哥的戀愛對象是女人。」

「為什麼？」

次郎顯得很訝異，張大眼睛看著明里。

「什麼為什麼……」

「我還以為妳會說『想聽次郎哥的BL故事』呢。」

「不、不是這樣的……我只是……」

「出於好奇？」

他尖銳的提問，令明里為之語塞。

差點忘了，次郎是很敏銳的人。

說不定，他已經察覺自己的心意，說這話是在調侃自己。

這麼一想，明里下定決心，捏緊了手。

「因為……我喜歡次郎哥。」

好不容易擠出口的話，讓次郎瞠目結舌，停止動作。

「……欸？妳開玩笑吧？」

次郎一副難以置信的模樣，全身僵硬，口中如此嘟噥。

明里什麼都沒說，只是搖搖頭。

「可是，我還以為像明里這種類型的女生是絕對不可能接受我的……啊、我是說把我當成異性來接受。」

看來，就連向來敏銳的他，也絲毫沒有察覺明里的心意。

也難怪次郎會這麼想。

畢竟明里自己都曾否認過。

不過，現在她決定了。

要坦然面對自己的心。

必須認同自己，接受自己才行。

這很重要——

「對次郎哥而言，我或許在戀愛對象之外，但我就是喜歡你。」

明里平靜地繼續這麼說完，次郎默不吭聲。

他怎麼了呢？

很困擾嗎？

戰戰兢兢地往身邊一看，只見次郎連耳朵都羞紅了。

「……次郎哥？」

「等一下，明里，妳這樣太犯規了。」

說著，次郎雙手搗住臉。

「欸？」明里不禁困惑。

「這樣人家都心跳加速了啊，因為套用明里的說法，我內心是個男人……」

聽到次郎自言自語般的低喃，這次輪到明里臉紅了。

窗外傳來鋼琴的聲音，彷彿正為這樣的兩人獻上祝福。

3

潺潺流過的鴨川河邊，出現了「滿月咖啡店」。
那一頭傳來沉靜的鋼琴音色。
收拾好「滿月咖啡店」招牌的貓店員們，坐在椅子上，閉起眼睛陶醉地聆聽鋼琴聲。
河邊空地上，有一架黑色的平台鋼琴，一位老紳士正在彈奏。
滿月的月光，像聚光燈打在他身上。
曲子是艾爾加的《愛的禮讚》。
演奏結束，貓店員們奮力鼓掌，衝到老紳士身邊。
老紳士緩緩起身，摸摸貓兒們的頭，走向「滿月咖啡店」。
三花貓店長拍著手，在桌上放下一個啤酒杯。
「請喝，這是『天空色啤酒「星空」』。」

注入啤酒杯的是不可思議的啤酒，深藍色、藍色、水藍色和橘紅色形成漸層，還灑滿銀河裡的星光。

「喔喔！」老紳士開心地笑皺了臉，坐在椅子上。

「不好意思啊，招牌都收起來了還特地招待我。」

「別這麼說，這是為了答謝您出色的演奏。」

店長把手放在胸口這麼說。

「剛才的演奏，其實才是我想給你們的謝禮啊……」

「謝禮？」

「對，真的很謝謝你們引導那幾個孩子。」

老紳士站起來，深深一鞠躬。

「沒做什麼值得感謝的事啊，畢竟我也非常感謝那幾個救了我們同伴的孩子。」

店長微微一笑，視線落在對面的椅子上，「我也可以坐下來嗎？」

「當然可以。」

老紳士和店長相對而坐。

店員給店長端上一樣的啤酒，和老紳士一起舉杯。

老紳士喝一口啤酒，閉起眼睛品嚐。

「真是難以形容的美味，彷彿滲透了全身。」

「謝謝您的誇獎。」

「好懷念啊，我第一次在這間店裡喝到的，也是啤酒。」

「是這樣嗎？」

「是啊，在布拉格的街角，大貓店長你為我端上了啤酒，還告訴我『肩膀繃得太緊了，放輕鬆一點』。當時喝到的啤酒之美味，到現在還念念不忘。」

老紳士懷念地瞇起了眼睛。

「這麼一說，我也想起來了。當時您還是個處於火星期的青年，在擔任指揮家。」

「都已經四十幾歲了，還被說成『青年』，當時我覺得疑惑，現在回想起來，那時的確年輕氣盛。成為知名指揮家後，自我堅持愈發強烈，個性也蠻橫不講理了。只把樂團成員當成展現自己音樂的工具……」

就這樣，遭到自己所屬的交響樂團抵制。

只不過是想做出最高等級的音樂而已——

那段時間，痛苦煩惱得幾乎要討厭音樂了。

有天，在伏爾塔瓦河畔散步時。

靠查理大橋那一側，出現一輛奇妙的行動咖啡車。

店裡的大貓對自己說「肩膀繃得太緊了，放輕鬆一點」，還端出不可思議的啤酒，為自己讀了星。

「你的冥王星落在代表自我的『第一宮』。冥王星擁有非常強大的能量，使你天生具備領導能力，但也帶來強烈的執著與堅持。這些特性受到強調時，有時將導致身邊的人跟不上你的步調。」

聽了他說的話，感到恍然大悟。

自己想做的事，是展現自己的音樂。

這份堅持一定無法完全捨棄。

即使接受讀星人的建議而有所領悟，經過一番反省，再次站到交響樂團成員面前，還是會為了展現自己的音樂，對團員做出不合理的要求——

「既然如此，您要不要試試改成一個人挑戰呢？」

「一個人？」

「對，比方說，用那種樂器來表現您的音樂如何？」

店長這麼說，視線朝一架平台鋼琴望去。

「……」

成為指揮家前，各種樂器都接觸過一輪。

鋼琴當然也彈得比一般人好。

「一架鋼琴就能展現交響樂」。

甚至有人這麼說，可見鋼琴的音色多麼豐富多彩。

——是啊。

在對別人提出各種要求之前，首先自己要能徹底表現出心目中理想的音樂——

站起身來，朝鋼琴走去。

「請加油。冥王星是掌管破壞與重建的星星，身為你的樂迷之一，我打從心底期盼看到你復活。」

背後傳來店長說這話的聲音，回頭一看，那間奇妙的行動咖啡店已經不見了。

「……從此之後，我開始追求『用鋼琴表現自己的音樂』，等自己能做到這一點了，再重新站回指揮台就好。儘管這麼想，卻始終彈不出心滿意足的音樂，這使我發自內心深深地反省。」

老紳士感嘆地這麼告白，店長微微歪著頭問：

「反省？」

「是的，連自己都表現不出來的東西，我卻硬是要求樂團成員『要展現得更清楚』，做出這種不清不楚的指示……最後，我一頭栽進鋼琴演奏的鑽研，再也沒回去當指揮了。」

這樣啊……店長點點頭。

「後來，您就成為世界知名的鋼琴家了。」

「這麼說聽起來好像很了不起，其實回過頭才發現我沒有結婚，只是個孤單的音樂痴罷了。上了年紀之後，重新改裝父母留下的房子，獨自在裡面彈鋼琴過日子。」

老紳士以手托腮，回顧著過往。

因為曾受過貓的幫助，看到被拋棄的野貓總是無法丟著不管，忍不住帶回家。

其實，不是自己救了那些貓，貓咪反而成為他的救贖。

「……後來，那些孩子們也拯救了孤單的我。每天早上和傍晚，都能聽見他們充滿活力打招呼的聲音，聽到我彈的鋼琴，也會露出開心的表情。我每天都期待孩子們放學回家的時間到來，興沖沖地盤算著今天要彈什麼曲目。甚至到了人生的最後，還受到他們的幫助。」

「所以你才想幫那些孩子一把？」

店長這麼問，老紳士輕輕點頭。

「看到那幾個孩子，就像看到從前的我。被樂團抵制後，我也曾害怕再次站在交響樂團成員前，一心只想逃避。後來，明明這麼熱愛音樂，繼續當個指揮家只會讓我感到痛苦。戀愛也是一樣，年輕時愛上的人年紀比我大很多，還離過婚，身邊的人都說『她不適合你』，我就扼殺了自己內心萌芽的情感。回過神才驚覺她已經和其他男人結婚了。事後我不斷責怪自己，後悔當時在意那種無聊的事，如果不要把自己的尊嚴擺第一，或許我早就展開追求了……到現在還懊悔為什麼不早點誠實面對自己的心意。」

老紳士嘆了一口氣，隨即嘴角上揚。

「不過，一切結束之後，這些經驗回想起來也很可愛，都是人生中耀眼的寶物。可是，我仍希望那些孩子們能誠實面對自己，不要過虛假的人生。」

「這就是您對他們表達感謝的方法？」

是啊。老紳士點點頭，仰望夜空。

「再說，現在正面臨一個時代告終，新的時代正要展開的劇烈變動期，人們將經歷更多痛苦與磨練。這種時候，讀得懂星星的人會活得更輕鬆，所以我希望讓那些孩子知道這些。這都是店長您曾經教我的事。」

「是啊……」店長露出懷念的眼神，眼睛瞇得像兩道彎月。

「出生圖是『命運的紀錄』，也是『人生的指針』。想活出屬於自己的人生，在人生這條旅途上前進，首先就要認識自己。身為『讀星人』，我希望有更多人知道這一點。」

店長與老紳士相視而笑。

老紳士喝光啤酒，站起身來說：「那麼……」

「最後，我想為那些孩子彈奏一曲。」

「太棒了，您要彈什麼曲子呢？」

「我想彈貝多芬的《悲愴》……」

「為那些孩子們彈《悲愴》？」

「先前，芹川老師在這裡聽了我彈的《悲愴》，從中確實感受到我想傳達的訊息。這讓我非常開心。」

貝多芬寫《悲愴》時，已經陷入重度的聽力障礙。知道這件事的人，或許會認為這是一首哀切悲痛的曲子。然而，在整體哀傷的旋律中，仍透露一股溫柔的堅強。令人感覺到貝多芬接受了自己的際遇，決心向前走的勇氣。置之死地而後生。《悲愴》正是令人聯想到冥王星的樂曲。這首曲子的旋律輕輕包圍苦難中人們的心，成為他們心靈的依靠。

——這首《悲愴》，或許是能療癒心傷的樂曲……

老紳士坐在鋼琴前，想起瑞希說過的話，臉上露出淡淡笑容。河邊空地上，流洩起第八號C小調鋼琴奏鳴曲第十三號作品《悲愴》的樂聲。

貓兒們陶醉地瞇起眼睛，大大的月亮散發柔和光芒，像是在微笑。

後記

感謝各位閱讀本書，我是望月麻衣。

描寫從出生圖這個「命運的紀錄」中讀取星象，由貓咪讀星人打理的「滿月咖啡店」，這個故事以我醞釀已久的西洋占星術為主題。

非常感謝為作品擔任修訂的西洋占星術講師，宮崎ERI子老師。

我與占星術的相遇，大約在二〇一三年左右。

偶然從傳遞西洋占星資訊的社群網站上讀到一篇報導，從此之後，我也開始依循星星的走向採取行動。

比方說，「月亮進入獅子座，是適合展現自我的時期」、「因為月亮進入處女座了，要多注意無名英雄的力量」等等。我也學會看自己的出生圖，調查自己適合做哪些事，該朝哪些方向努力。

開始留意星星的走向後，我的運勢愈來愈好。

那年夏天，獲得WEB的小說大獎，作品出書、改編成漫畫和動畫。

二〇一三年當時，得獎讓我很高興，心想「星星真厲害，我要來認真學習占星術」。一開始以自學方式進行，可是，光靠自己學習還有很多地方不清楚，於是，二〇一五年開始拜占星術講師為師，展開正式學習。

開始學占星三年後，二〇一六年左右，我開始想創作以占星為主題的小說。

不料，一旦打算動筆，卻怎麼也寫不出來。想以占星為主題寫成故事，自己對占星術必須有一定程度的理解。我以為自己已經懂占星術了，真要寫小說時，才深深體認付出的努力還不夠。

此後我繼續學習，儘管還是個外行人，終於也來到「以外行人觀點，講述占星術入門知識的話，這樣的故事或許寫得出來」的地步。

就在這時的某一天——

我在網路上看到非常出色的插畫。

那是一位叫櫻田千尋的插畫家畫的不可思議喫茶店「滿月咖啡店」插畫，店長是一隻貓。插畫美麗又夢幻，像描繪夜空一般，無垠的世界觀在櫻田老師筆下的插畫中展開。

我一眼就迷上了這些畫，同時擅自心想「如果要寫與占星術相關的故事，真希望能跟這位插畫家合作」。

又過了不久，時間來到二〇一九年春天。

我得知櫻田千尋老師即將參加同人活動「關西Comitia」，在活動中販售插畫集的消息。心想：「絕對要買到插畫集！」於是專程去了一趟大阪，買下櫻田老師的作品。

「其實，我自己有在寫小說，如果有機會和櫻田老師合作，那就太開心了。」我厚臉皮地這麼說著，和老師交換名片後才回家。

後來，《京洛森林的愛麗絲》（文春文庫）第三集發行，和我在文藝春秋出版社的兩位責任編輯開會時——

「望月老師，京洛愛麗絲的第四集打算什麼時候出呢？」他們這麼問。

「目前京洛愛麗絲的情節暫時告一段落，我想休息一陣子……其實，我打算寫一本新作品，內容與占星術有關，還想請一位非常出色的插畫家合作……」

我提出自己的想法，還讓編輯們看櫻田老師的插畫，於是他們說：「畫得太棒了！請務必讓我們來出這本書！」當場就這麼敲定。

櫻田老師也慨然允諾。

櫻田老師，真的非常感謝您。

之後，和櫻田老師一起開會時，老師笑著說：「那時望月老師說『希望有機會一起合作』，沒想到帶來的竟然是文藝春秋出版社。」

櫻田老師開始創作「滿月咖啡店」插畫後愈來愈受歡迎，許多合作邀約找上門。

可是，老師卻說「第一個來談出版方面合作的是望月老師」，選擇與我們合作，這份心意實在讓人太開心也太感動。

此外，櫻田老師也將在KADOKAWA出版社出版插畫集，預定與本書同月上市。

這本插畫集和我的「讀星人」系列同樣展開合作，在櫻田老師的插畫集中，收錄了我特地創作的短篇小說。

這是本書《滿月貓咪咖啡店》（文春文庫）和櫻田千尋老師的插畫集《滿月咖啡店》（KADOKAWA）跨越出版社的攜手合作，請各位一併支持。

「想寫一個以占星術為主題的故事」。這醞釀了好幾年的構想，在遇見櫻田千尋老師精采的插畫後，以流星般的速度實現，很快地決定出書，故事就此誕生。

這或許也來自星星們不可思議的引導。

占星術的世界太深奧，我還只不過剛踏進入口。

這部作品寫的，也只是關於占星入門知識的故事。如果讀者看了本書，對占星術產生興趣，光是這樣我就太開心了。

藉此表達我的謝意。

我由衷感激與這本作品相關的所有緣分。
真的非常謝謝大家。

望月麻衣

參考文獻

ルネ・ヴァン・ダール研究所『いちばんやさしい西洋占星術入門』（ナツメ社）

ケヴィン・バーク　伊泉龍一訳『占星術完全ガイド　古典的技法から現代的解釈まで』（フォーテュナ）

ルル・ラブア『占星学 新装版』（実業之日本社）

鏡リュウジ『鏡リュウジの占星術の教科書Ⅰ　自分を知る編』（原書房）

松村潔『最新占星術入門』（学習研究社）

松村潔『完全マスター西洋占星術』（説話社）

松村潔『運命を導く東京星図』（ダイヤモンド社）

石井ゆかり『月で読む　あしたの星占い』（すみれ書房）
永田久『暦と占いの科学』（新潮選書）
Ｋｅｉｋｏ『宇宙とつながる！　願う前に、願いがかなう本』（大和出版）
銭天牛『すぐに役立つ銭流易経』（棋苑図書）

春日 ハルヒブンコ 文庫

110

滿月貓咪咖啡店

滿月珈琲店の星詠み

滿月貓咪咖啡店 / 望月麻衣作 ; 邱香凝譯. -- 初版. -- 臺北市
: 春天出版國際文化有限公司, 2022.07
面； 公分. -- (春日文庫 ; 110)
譯自 : 滿月珈琲店の星詠み
ISBN 978-957-741-539-4(平裝)

861.57 111006723

ISBN 978-957-741-539-4
Printed in Taiwan

作 者 望月麻衣
插 畫 櫻田千尋
譯 者 邱香凝
總 編 輯 莊宜勳
主 編 鍾靈

出 版 者 春天出版國際文化有限公司
地 址 台北市大安區忠孝東路4段303號4樓之1
電 話 02-7733-4070
傳 眞 02-7733-4069
E－mail bookspring@bookspring.com.tw
網 址 http://www.bookspring.com.tw
部 落 格 http://blog.pixnet.net/bookspring
郵政帳號 19705538
戶 名 春天出版國際文化有限公司
法律顧問 蕭顯忠律師事務所
出版日期 二〇二二年七月初版
二〇二四年四月初版十一刷

定 價 280元

總 經 銷 楨德圖書事業有限公司
地 址 新北市新店區中興路二段196號8樓
電 話 02-8919-3186
傳 眞 02-8914-5524
香港總代理 一代匯集
地 址 九龍旺角塘尾道64號 龍駒企業大廈10 B&D室
電 話 852-2783-8102
傳 眞 852-2396-0050